雪伦 著

所谓的你爱我

中国出版集团
现代出版社

版权登记号：01-2016-9126
图书在版编目（CIP）数据

所谓的你爱我 / 雪伦著．-- 北京：现代出版社，2017.4
ISBN 978-7-5143-5757-8

Ⅰ.①所… Ⅱ.①雪… Ⅲ.①言情小说—中国—当代 Ⅳ.①I247.5

中国版本图书馆 CIP 数据核字（2017）第 019865 号

所谓的你爱我

作　　者：雪　伦
责任编辑：张　霆　王志标
出版发行：现代出版社
通讯地址：北京市安定门外安华里 504 号
邮政编码：100011
电　　话：010-64267325　64245264（传真）
网　　址：www.1980xd.com
电子邮箱：xiandai@vip.sina.com
印　　刷：三河市宏盛印务有限公司

开　　本：890mm×1240mm　1/32　　印　　张：10.25
版　　次：2017 年 4 月第 1 版　　印　　次：2017 年 4 月第 1 次印刷
书　　号：ISBN 978-7-5143-5757-8
定　　价：39.80 元

目　录

CONTENTS

第一章

所谓的寂寞，

是连自己都无法拥抱自己

我常常感到恐惧。

面对陌生人，我总是紧张；面对黑暗，我总是害怕；面对过去，我总是喘不过气来；而面对未来，我总是不知道它在哪里。

哥哥常告诉我：谁没有过去？这，我当然知道，但我疑惑的是，为什么上天给我的，是如此沉重、如此痛苦的？为什么我的过去和别人不一样？

是我做错了什么吗？

为什么这样的过去会发生在我身上？这是我每天都在问上天的问题。当然，老天爷从未给过我答案。说什么神爱世人、救苦救难，其实他们都非常小气。

不过，爸妈说我最近好多了，至少我愿意多讲几句话。哥哥也说我好多了，至少我肯稍稍露出一点笑容。听他们这么说，我好像也觉得自己好多了，不知道是他们说服了我自己，还是我说服了他们。

他们都很庆幸，十几年前我离开新竹之后来到了这里。

这里是我的家，比有爸妈在的家，更要像家。

在这个家里，没有人知道我其实有个可怕的秘密。所以我可以假装什么事都没有发生，不会有人挖掘我的过去，但在那个真正的家里，我多希望发生的那些过去都只是我一个人的秘密。

对我来说，有些事，自己痛苦就好。

“朱——立——湘，右手离开你的滑鼠[①]，屁股离开你的椅子，出来吃饭！”乐晴的声音总是如此洪亮，虽然她男友大勇总说他耳朵快炸掉，但我好喜欢。我一直很想建议她，如果不开早餐店，可以去当助选员。光听她的声音，就值得大家投下一票。

乐晴是我的房东。我在这里住了十几年，她像我的第二个妈妈，帮我张罗所有生活上的事，一餐也没有让我饿到。而另外两个室友明怡和依依，是在我遇到恶质无良房东时把我捡回家的恩人。

① 滑鼠：台湾地区对鼠标的称呼。

她们像姐姐般疼爱我、照顾我，给了我很多的温暖和关心。我很感谢她们，这十几年来，她们慢慢成了我的支柱。但这些事我从来没有告诉过她们。

我不是不会讲话，而是忘了怎么表达。

但没关系，我的声音、我的感觉一点都不重要，在这个世界上，我只想无声地、隐形地活着，这样就好了。

手才离开滑鼠，门就瞬间被打开了。

“朱立湘，不管你案子有多赶，现在马上出来吃饭，Right now！”乐晴系着围裙，担心我又要赶设计稿不吃不喝。

“好。”我点了下头，再抬起头时，乐晴已经像风吹过一样不见了。

我并没有在赶案子，我只是在和自己说话而已。每一天，我都会花上很多时间和自己对话，不是我有多想了解自己，而是我只敢跟自己对话。

走出房间，明怡和依依已坐在餐桌前了。依依对我招招手，要我坐到她旁边去，她是我见过最美丽大方的秘书。明怡给了我一个微笑，她是我见过气质最好的饭店领班。乐晴添好了饭放在我的面前，她是我见过最有活力最可爱的早餐店老板。

这些称赞，常常到了嘴边又被我吞了回去。

我开不了口，只能放在心里，用行动表示。我努力地吃着饭菜，听她们三个人聊今天发生的事。

明怡遇到烂客人，把饭店房间的电视弄坏就算了，还硬要说电视害他受伤，向饭店索取精神赔偿。明怡生气，我也跟着她生气。依依说情人节尚昱哥要带她去关岛玩，还要带上依依的爸爸妈妈，全家一起出去旅行。看依依开心，我也觉得开心。乐晴说大勇太专心打电游，吃汤面想要加醋，不小心加到酱油，咸到他差点哭出来。乐晴觉得他好蠢，我也觉得他很蠢。

十几年来，我陪着她们感受生活，只是我一直没有表达出来。

“对了，立湘，你那个工作桌该换了，都用七八年了，上次拿衣服到你房间，桌角的小木刺都翻出来了。我订了一个，应该后天会送来，再叫大勇帮你组装一下。”依依突然抬起头对我说。

我点了点头，真不知道那张桌子竟然已经用了这么多年。

“案子赶得如何？”明怡夹了块沙茶牛肉到我碗里，继续问，“赶完了？”

我摇摇头。

她又多夹两块到我碗里："那多吃一点。"

我微笑，咀嚼着温暖的滋味。

电话铃响，乐晴起身到客厅接起电话。从她回应的方式和语调，我知道接下来会喊出我的名字。

"立湘！电话。"乐晴喊着，而我知道打电话来的是我妈。

我放下筷子，走到电话旁接过话筒。乐晴顺手摸摸我的头，她总以为我还是小孩。

"妈。"这是我今天说的第一句话。

"小湘，记得明天中午要一起吃饭吧？你爸生日。"妈妈小心翼翼说着，生怕我又老套地用"要赶案子"来拒绝他们。

"嗯。"我说，即使我最讨厌的事就是踏出这个门，到外面那个我不熟悉的世界，但爸爸生日，无法当个正常女儿的我，唯一能做的，也只有在他们生日的时候努力正常。

我听到妈妈在电话那头松了好大一口气，"那明天晚上要不要留在家里睡？"妈妈试探性地进阶询问。

"我还有案子要赶。"终究，我还是说了这一句。

"没关系，能吃顿饭我就很开心了。"妈妈失望的语气从电话里传过来。

我很抱歉，我在心里说着。对话最后还是以沉默结束。

挂掉电话，我走回餐桌继续吃饭，或许应该说是发泄地吃着饭，对如此懦弱的自己生气，恼怒自己的没用，不过就是回自己的家，那么多年了，我却还是害怕。

“唉，你快噎死了，朱立湘！”我一抬起头，就看到乐晴用眼神警告我放慢速度。

我回过神，放缓速度，听着她们三人的闲话家常，心情逐渐平静。我刻意和这个世界拉远距离，是为了完美隐藏自己的弱点。庆幸的是，她们从未因为自己在我的人生中占有极大重量，而要求我暴露我自己。

这年头，用“爱”这个字来勒索情感，似乎成了理所当然的事。

吃完饭，回到房间坐到电脑前，准备开始熬夜工作。我是设计师，自然生活作息也得像个设计师。但并不是因为晚上我比较有灵感，而是我讨厌晚上，我害怕黑暗，我无法在漆黑的房间里入睡。

我的房间总是比别人多开好几盏灯，环保这件事、我很抱歉，只能留给身体健康的人努力，我有怕黑的病。

我害怕突然停电或灯泡坏掉，我会顿时崩溃，不是开玩笑的。曾经，这栋老旧的公寓在凌晨三点大跳闸，房间顿时黑成一片。我在房间里痛哭大叫，依依马上冲到我房间抱着我，明怡拿了好几支手电筒进来，乐晴则立刻打电话询问电力公司。

虽然只是短暂停电五分钟，我却病了一个星期，乐晴后来还带我去压惊。她们出国时都会为我求平安，现在我的床头挂了一大串护身符，哪国的神都有。可能也因为这样，这栋大楼就没有再跳闸过了。

电脑传出“叮咚”一声，我打开收件箱的同时，依依也打开了我房间的门：“立湘，你日光灯有一支烧坏了，我叫康尚昱帮你换哦！”

我抬起头，看着上面五支日光灯真的有一支不亮了，而我居然没有发现。我微笑地看着依依点了点头，依依走进来，后面跟着尚昱哥，他拿着一支新的日光灯和工作梯，“环保灯管！”他炫耀地对我说。

我笑了笑，尚昱哥走到我旁边摸摸我的头：“我们立湘笑起来怎么这么可爱？”

顿时，我的心好像打翻了一瓶可乐，气泡无限窜流。但并不是因为尚昱哥，而是曾经也有个人总爱对我做这样的动作，说这样的话。熟悉的心动加上回忆突然涌起的恐慌，我低下头，手有点颤抖地点开刚进来的电子邮件，试图转移注意力。

又是一样的内容。

“亲爱的力想，您好，自由设计公司欢迎您加入我们的团队。”

力想是我在业界使用的名字，用力去想未来，用力地不再想过去，再加上刚好是我名字的谐音，就这么用了好几年。最重要的是，我想把本名藏起来，也把我自己藏起来。

像我这种人，很难相处。

我把信移入垃圾信件箱，接着打开客户的邮件：“朱小姐，我们看过草图，基本上满意，但人物的设计可以再可爱一点吗？毕竟是舒压商品，可爱一点比较讨喜。”

但我觉得，现在要越丑才越讨喜，不完美的东西才真的贴近事实。

我耳尖地听到楼上突然发出地板撞击的声音，抬起头往天花板一看，声音却消失了。是我的幻觉吗？

依依看着一脸疑惑的我说：“不好意思哦！这个水电工有点不合格，没看过换个灯泡这么久的。”

我给依依一个微笑，尚昱哥马上为自己辩解：“我是在顺便检查其他灯管有没有问题好吗？我这叫细心，懂吗？”

“懒得懂，你快一点，立湘要工作了。”依依故意摇了两下工作梯，尚昱哥在上面发出娘儿们般的叫声。

我笑着低下头，回复客户的信件。我坚持自己的设计，虽然我知道最后我会妥协，但在妥协之前，让我挣扎个一两次也好。

按下传送键，我又听到楼上传来声音。我猛然抬起头，依依发觉我的不对劲，问我：“怎么啦？”

“有没有听到奇怪的声音？”我指指天花板。

依依很努力地听了一下，然后摇头。突然“叽”的一声出现金属摩擦声，我和依依都吓了一跳，往声音发出的方向看，原来是尚昱哥故意转动日光灯管。他看到我们的反应，在工作梯上笑得很开心。

下一秒，我马上同情起他。

依依用力摇着工作梯，重心不稳的尚昱哥就这样跌在地上，标准的不作死就不会死，有时候，把自己逼到绝路的就是我们自己。

依依生气地转身离开，尚昱哥狼狈地收拾残局追出去。我听见依依在外头吼尚昱哥：“随手关门，你给我吵到立湘试试看！”

两秒后，尚昱哥气喘吁吁地对我说:“立湘，工作加油！”

看见我点头，他快速地关上门。抬起头，我从电脑屏幕里，看到反射出来我的影像，脸上正微笑着。妈妈说得对，我的笑容真的变多了，住在这里，总有一天会痊愈的吧！我想。

打开另一个工作档案夹，决定今天要完成某公司委托的 Logo 改造案。

夜晚工作是很迷人的一件事，会以为这座城市只为了我呼吸，这世界上只有我正醒着，也只有我正在努力。夜好静好静，只有我一个人沉浸在这个美丽的误会里。

砰!

楼上又传来一声地板撞击的声音，我马上抬起头看向天花板，心里起了好大一阵鸡皮疙瘩，头皮有点发麻。

是见鬼了，还是我又开始幻听?

说起来，乐晴算是我们这栋老大楼的地下管理员，除了从小到大在这里长大之外，她还在巷口开了早餐店，这附近哪户哪家发生什么事她一定会很快知道，并巨细靡遗地和我们分享。

比如二楼吴太太每天抱怨老公对她没兴趣，七楼的黄妈妈每天烦恼儿子四十岁了不结婚，三楼陈伯伯念幼稚园的孙子大宝又偷掀班上女同学裙子，被老师罚站。

但最近完全没听说楼上有什么新消息，完全没有。

我对楼上最后的印象是，我和乐晴、依依去帮刘姥姥整理遗物。她被儿女抛弃又久病厌世自杀，那时，在屋子里，我看到了一个老人在墙上贴满对儿女孙子们的思念，桌上堆满了各种过期药物，那是她对生命的渴望和无力感。

我可以理解刘姥姥为什么要自杀，我也曾经对这个世界失望过。

因为刘姥姥自杀，一年多过去了，楼上房子租不掉也卖不出去，就这样空着。刘姥姥儿子在告别式当天，抱怨母亲自杀害房子很难处理，依依看不过去，和他吵了起来。从那天之后，楼上就再也没有人进去过了。

那为什么会有声音？

是刘姥姥回来了吗？

想到这里，我忍不住吞了口口水，却被自己的口水呛到。我没和刘姥姥说过半句话，偶尔陪乐晴上楼送点吃的，看乐晴逗刘姥姥开心，我总在一旁羡慕着。我不是能随时带给别人快乐的人，未来也不会是。

自己都走不出黑暗了，怎么带给别人光明?

我就这样看着天花板整整十分钟，这十分钟内，安静得只听到我自己的呼吸声。我低下头，取笑自己的多心，埋怨自己的敏感，然后手再回到滑鼠上，继续我的工作。

一直工作到天亮，我将档案储存好，发了 E-mail 给客户后，关掉所有的灯，拿着我的马克杯离开书桌。打开房门时，乐晴刚好要去早餐店。

“早餐放在桌上了，吃完再去睡。”乐晴边叮咛着我边穿鞋子。

我点点头，在她转身要离开时，我喊住了她：“那个……楼上最近有人搬进来住吗？”

乐晴一脸疑惑：“没听说，怎么啦？”

我摇了摇头：“没什么。”

“你快去吃早餐，今天店里有很多预订的订单，我得过去帮忙，先走了！”乐晴说完就马上走出门。

我坐到餐桌前，看着满桌的三明治、汉堡、蛋饼、浓汤、果汁、牛奶、豆浆。只要乐晴心情好，早餐就是饭店 buffet 的程度。

“林乐晴真的很夸张，是把我们当猪养吗？”依依的声音突然在我身后响起，我吓了好大一跳，差一点尖叫。

依依坐到餐桌前，拿着她的报纸看着，然后喝牛奶。明怡也起床了，穿着饭店制服走到我旁边，微笑地摸摸我的脸，接着坐到位置上，一边滑手机一边喝浓汤。

门铃响了，依依起身开门，尚昱哥和大勇一起走了进来。

尚昱哥走到我旁边摸了摸我的头，对我说声早安，就坐到依依旁边去。大勇也对我说了声“嗨”，拉了把椅子坐下，拿起三明治，一大块就这样塞进嘴里，结果被依依打了一下：“你坐到立湘的位置了，闪一边去！”

大勇这才恍然大悟，坐到一旁去，拍拍椅子，对我招了一下手。我微微一笑，坐到我的位置上开始吃早餐，听着依依和尚昱哥吵架，混着大勇打电游的声音，这就是我的日常生活。和重要的人一起吃早餐，已经是我人生里最值得满足的事了。

大家吃完早餐各自上班，我洗好碗，整理一下餐桌后，已经将近九点了。我回到房间，强迫自己得睡一下，中午还要回新竹和爸爸一起过生日。将闹钟铃声设定在十一点。之后我闭上眼，一如既往地催眠自己。

“砰！砰！铿！砰！”在我快睡着时，传来了剧烈的声响，我被突如其来的声音吓到坐起身，但起身后，声音又消失了。我瞪着天花板，瞪到眼睛好酸，要缓缓入睡时，又是“砰”的好大一声。我马上睁开眼，直盯着天花板，声音又消失得无影无踪。

我干脆赌气不睡了，我现在只想知道这到底是不是我的幻听和幻觉。我害怕自己的病又复发，曾经花了四年时间治疗创伤后压力症候群，一直到住在这里，症状才慢慢减轻。

乐晴、依依和明怡都不知道我有病，所以我才能假装自己没病地生活着，和平常人一样过着平凡的日子，假装什么事都没发生过。

没了睡意，我拿起床头的杂志翻着，注意力却放在头顶的天花板上。设定十一点响起的闹钟突然响了，我吓了一跳，手忙脚乱地关掉，下一秒，响起的是哥哥的来电。

我深呼吸一口气，接了起来。

“我差不多几点去接你？”哥哥的声音在耳旁温柔地响起。

“半小时后。”我说。

“好，你慢慢来，我会等你。”

我知道，哥哥一直在等我，等我变回他那个可爱又会撒娇的妹妹。但我想这辈子很难，大概要让他失望了。

挂掉电话后，我洗了个澡，换了衣服。下楼时，忍不住抬头往楼上看一眼，一样安静而且无声无息。我走楼梯下楼，耳朵还是像雷达一样，想接收任何可能出现的声音。我知道我的行为很像疯子，但事实上，我也的确是。

毋庸置疑的。

到了门口，陈伯伯正牵着孙子大宝走进来。他对我点头打个招呼，我也点点头。大宝一脸好奇地看着我。我总是害怕小孩的热情，我无法应付。

于是我快步走出大门，听见大宝对陈伯伯说："阿公，哑巴阿姨为什么都不用上班？"

"你不要乱叫，那个阿姨只是不爱讲话！"陈伯伯帮我说话。

"可是我没有听过她说话，她是哑巴。"大宝只相信他亲眼看到的。

我无奈地笑了笑，随手关上一楼的老旧大门，转身上了哥哥暂停在门外的车。才关好车门，哥哥就拿了杯热花茶递给我："喝一点，然后等会在车上睡一下，你一定又熬夜没睡了。"

我笑了笑，接过花茶。

活着，总会发生让人觉得可惜的事，因为老天爷常常见不得人家好。

先不说我这几乎已经葬送的人生有多可惜，让我觉得最可惜的就是我哥对明怡的爱意。我知道哥哥很喜欢明怡，但明怡已经有了交往十几年的敬磊哥，重点是，明怡只爱敬磊哥，所以我无法帮上哥哥任何忙。

我转头看着哥哥，虽然我一次恋爱都没有谈过，但我知道，被我哥爱上的女人一定会很幸福。

喝了口花茶后，或许是哥哥在旁边，我安心了很多，很快就睡着了，一直到餐厅门口才被哥哥叫醒。

"还好吗？"他问。

我点了点头，然后下车。

和哥哥一起走进包厢，爸妈已经在里面等了。他们见到我，给了我好灿烂的笑容，但我能回应他们的只是微笑，上一次我能笑得这么开心，是十三年前的事了。

其实我成长在非常美满的家庭，爸爸是大学教授，前几年刚退休，妈妈是职业妇女，他们两人非常恩爱，我从小到大没见过爸爸对妈妈大声说过话。哥哥是律师，和朋友一起开办事务所，发展得很好，一切都很顺利，除了我。

我坐到妈妈旁边，她拉起我的手端详着，笑容渐渐敛起，“女儿啊，你是不是瘦啦？”妈妈担忧地看着我，语调哽咽。

“妈！”哥哥制止妈妈的多愁善感。

“我觉得立湘看起来好得很，气色也不错，立湘，案子最近接得顺利吗？”爸爸赶紧转移话题，好让妈妈平静下来。

“还可以。”我说。

爸爸点点头：“太累的话就回家，爸爸还是养得起你的。”

“对啊，干吗那么辛苦，回家来，妈妈每天都帮你进补，好歹也要让你再胖个十公斤。”妈妈附和着。

“爸、妈，你们别夸张了，立湘没有那么弱好吗？每天在家被你们当菩萨供着，你们觉得立湘愿意吗？而且住在那里，还有乐晴、依依、明怡陪她，她那么有才华，好好让她发挥，你们就别操心了。”

哥哥边说边帮大家倒茶，还能边给我一个得意的笑容。

我用唇语对他说了谢谢。

我不想回家，是因为那里有我不愿意碰触的回忆。

一顿饭吃得很开心，我知道只要不去想起高中发生的那件事，大家都可以很开心，大家都可以一直往前看。听爸爸聊他最近的新爱好，听妈妈讲最近学会做的新菜色，听哥哥说最近帮某艺人打赢了和经纪公司的官司，听着未来会发生的事，一切都如此美好。

吃完饭，要切蛋糕前，我突然想去趟洗手间。

“你可以吗？”妈妈担心地问。

我点了点头。我只是怕黑而已，现在是大白天，而且还是高级餐厅，窗明几净没有什么好怕的。我微笑起身，走出包厢，到洗手间，选了第一间最亮的厕所进去。

每次外出上洗手间，感觉就像小时候听完鬼故事去上厕所，总是会用最快的速度结束，然后再假装没事走出来，我就是这样。

可能没想到我会这么快回来，打开包厢门时，我听见妈妈在哭，爸爸正安慰着她：“你别哭了，等会立湘回来看到怎么办？”

“妈！你别这样，立湘现在不是好好的吗？”哥哥无奈地说着。

“你们不懂！立湘从小就倔强，再苦都是自己吞下，我就是难过，为什么老天爷要让她遇到这种事？为什么老天爷要对我们立湘这么不公平？她只是个孩子啊，竟然要承受这么大的痛苦和压力！我太没有用了，连自己女儿都保护不了！”妈妈的眼泪猛掉，好像要哭断肠一样。

我站在门外，动弹不得。

“今天我生日呢，可以开心一点吗？过去的事就不要再想了，可以吗？”爸爸也难过地说着。

“我们立湘该怎么办？你们说她以后要怎么办？她都三十岁了，因为那件事，也不敢谈恋爱，更别说结婚了。我多希望有个人可以好好照顾她啊！”妈妈哭得越来越厉害。

“妈，我会负责照顾立湘。我是她哥哥，我会养她，我会保护她，你不要担心。今天这些话，我们自己在这里说说就好，绝对不要在立湘面前讲到半句，她现在好不容易稳定了……”

“我疯了吗？我当然不会在她面前讲。”妈妈赶紧反驳，“我是心疼我女儿受苦，我是担心我女儿的未来。”

“这个我们都知道。季阳是要我们大家都放下，立湘也很努力，她现在已经好很多了。就你不肯放下，好不容易见到女儿一面，你瞧瞧你哭成什么样子？被女儿看见了，她会多难受啊？”

很难受，真的，都是我的错。

“你以为我想哭啊？想到立湘我就心痛，恨不得把那个坏人千刀万剐煮来吃，当初要不是耀然找到她……”

“妈！不是说好不提到耀然的吗？”哥哥打断妈妈的话。

这个名字是我们家的禁忌，比《哈利·波特》里的伏地魔更可怕。

听到这两个字，我惊慌失措地想逃开，转身却撞上推着蛋糕过来的服务生。我摔倒了，连同蛋糕也摔在地上，模样是如此落魄狼狈。服务生着急地看着我，想过来扶我，他的手一碰到我的身体，我立刻尖叫着推开他，用力站起身，不顾身上全是鲜奶油，用仅有的力气跑离现场。那一刻，我听到哥哥在后头喊着我的名字。

我边跑边想，为什么自己会这样？

不知道跑了多久，我突然双脚一软，再一次跌坐在地上。下一秒，哥哥已经跑到我身旁，担心地检查我身上有没有伤。“怎么样了？没事吧？有没有哪里受伤？哪里不舒服？我送你去医院？”

我看着哥哥惊慌恐惧的脸，和十三年前的那天重叠。那天，他也是这样看着我，表情尽是懊悔痛苦自责。我好害怕回到那一天，我好害怕大家都回到那一天，我害怕得开始崩溃大哭。哥哥抱住我，像在安抚小孩一样，轻轻拍着我的背，“没事了，没事了”。

不知道哭了多久，我只记得自己困在一片黑暗里，很努力想要醒来，但一直醒不来。然后，我听见妈妈的哭泣声、父亲焦虑的叨念、明怡和依依喊着我的呼唤声，还有乐晴对大勇发怒的吼声。

“孙大勇，你除了打电游还会干吗？我说热毛巾！热的热的热的！”我在乐晴吼出最后一声“热的”时，走出黑暗，醒了过来。

我正躺在自己的房间，一群人围在我床边，全都一脸紧张地看着我。这让我压力好大，我不要这样，我不要大家担心我，我不想成为谁情感上的负担，他们没有对不起我，他们没有必要陪我承受。

我闭上眼，缓缓对他们说：“我想自己一个人。”

“立湘，你看着我，你有没有哪里不舒服？我煮你爱吃的给你吃好吗？”乐晴着急地拉着我的手说。

我没有力气回应。

“乐晴，让她休息一下好了。”哥哥的声音。

“让立湘再睡一下，她今天也都没有睡，走吧，我们都出去吧！”

明怡接着说。

房间只剩下我一个人。

于是，我睁开眼，想着今天发生的一切，眼泪又流了出来。

为什么伤痛永远不会过去？为什么我这么努力忘记，它还是在那里让我无法摆脱？

十三年了，我每天都在期待它过去，但今天我才知道，它永远不会过去，对我来说，它不只是我的阴影，而是我们全家人的阴影，是所有知道这件事的人一辈子的阴影。

十三年前，老天爷就用那件事告诫过我，做人不可以贪心。而此时此刻，我竟还贪心地以为噩梦总有醒来的一天。人只要过几天舒服的日子，就会忘了惨痛的教训。

贪心地想要拥有心爱的人，却换来毁了一辈子的教训。

我擦去眼泪，下了床，从衣橱最底下的抽屉拿出一个信封，抽出里头的两张照片，然后狠狠撕掉它。我不能再贪心地想留下这两张照片，现在我只想好好过日子。

“老天爷，拜托你，我连最后的照片都不要了，请你放过我，还我平凡宁静的生活。求求你，我只想好好活下去，求求你，让我身边的人也可以平静地活下去！”我看着窗外的一片漆黑，在心里无声呐喊。

我无力地跌坐在地上，哥哥端了杯水开门走了进来，赶紧扶我坐到床上去。他看着地上的照片再看看我，叹了好大一口气，但他什么也没有说，递了颗药到我面前。我无奈地看着他，他也无奈地看着我。

我们在比赛谁可以坚持比较久，最后我妥协了，我输给了哥哥难过的眼神，我吃下了好久没吃的安眠药。

我躺下，恼怒自己的没用，负气地抓起棉被，蒙头盖上。

“我会一直在这里待到天亮，你安心睡。”哥哥在棉被外说着。

我没有回应，又或许是我不知道怎么回应。安眠药很快就发挥作用，我陷入了梦境，一个美好不切实际的梦。

我看见耀然学长在对我笑，用只有我看得见的笑，对我浅浅笑着。他用他擅长画画的大手，轻轻地摸着我的头，然后再用他好听的声音叫了我的名字。

“立湘，立湘？”

我再次睁开眼，梦醒了，依依漂亮的脸就在我眼前。我看见她着急的脸缓缓放松，接着想起了昨天我的情绪失控。同住了十年，这是我第一次在大家面前如此无法克制。我有点不好意思，应该是说，我觉得丢脸。

“你还好吗？脸有点红，是不是发烧了？”依依把手放到我的额头测试着，“嗯，没发烧。还是哪里不舒服？”

我摇了摇头，她递了水给我，我喝下一口，才发现喉咙干涩到有些疼痛。

“季阳早上要开庭，先走了，他吩咐我，十点前你没有起床就得把你叫醒，现在快十一点了。”依依继续说着。

我点了点头，可怜的朱季阳，事务所都要忙死了，还得要应付我这个有病的妹妹。

“我不会问你发生什么事，现在也不是知道到底发生什么事的时候。你现在要做的是起床，到外面去把乐晴煮的那桌菜吃掉，然后去做任何你想做的事，这样就可以了。”依依笑着对我说。

我感激地点了点头，虽然我知道我的表情一定非常不自然。

依依牵起我的手，带着我走出房门，明怡和乐晴正在餐桌前忙碌着。

“你们都没有上班？”我的声音沙哑得连自己都吓到。

“我是老板娘。”乐晴边舀着汤边说。

“我今天休假。”明怡边拿着碗筷边说。

我转头看身旁的依依，“我头痛。”依依一脸正经地说。

我笑了笑，根本不该问这个问题的。用脚指头想都知道，她们是为了陪我而留在家里的。越不想成为别人的负担，就越容易成为别人的负担，墨菲定律随时随地在我身上得到印证。

我努力吃东西，用吃来证明我没事、我很好。她们努力地像往常一样聊天说笑，让我知道她们也没事，一切都会很好。

我几乎可以想象，她们为了我，不知道要排练多少次才能像现在这般自然。于是，我更努力吃着，这是我唯一可以让她们真正放心的方式。

吃完饭，我小心翼翼地护着我的肚子走回房间。我觉得只要轻轻一碰，它就要爆炸了。我没有开玩笑，我真的就是吃了这么多。缓缓躺回床上，手好像碰到了什么，我抓起来拿到自己眼前。

是昨天被我撕掉的照片散落的一张小碎片。我一眼就可以认出这是耀然学长的手。他用这双手画画，用这双手打篮球，用这双手对我招手，用这双手摸着我的头。

他的手有魔法，让我就这样爱上他。

我忍不住捏紧手里的碎片，拭去眼角的湿润，艰难地起身，把碎片丢进垃圾桶内。我不能爱他，因为我没有资格。而我也不能再想起他，因为我会忘不了噩梦。

一定要忘记他。

我不停对自己喊话，好像这样就真的会忘记一样。

“立湘，电话！你哥打来的。”乐晴在房门外喊着。

我在房里深呼吸几口气，稳定情绪，直到身体不再颤抖时才踏出房门，走到客厅接起电话。

“好多了吗？”是哥哥打来的。

“嗯。”我回答。

然后，哥哥难得地沉默了，我们在电话的两头，没有人发出声音。我不知道要说什么，但我想哥哥有话要对我说，只是还不知道怎么开口。我知道接下来他应该会叹一口气。

我没猜错，还是好大一口。

“立湘，那件事已经过去那么久了，我拜托你可以放过你自己了。

我不想逼你，但你如果不去正视这个问题，它就会跟着你一辈子，这样过了十几年，你接下来的几十年也要这样吗？”

我没有说话。

“你知道妈有多内疚吗？她昨天一晚没有睡，就因为她说了耀然的名字，害你想起那件事，害你在马路上昏倒。她哭了一整晚，我们这么努力还是没办法让你走出来吗？”

我依然没有说话。

“我们到底要怎么做？你告诉我好吗？我到底要怎样做才能让你忘记那一切？”哥哥泄气地说着。

而他问的这个问题，我也每天都在问我自己。

“你如果不帮你自己，这世界上没有人可以帮你。”第一次，哥哥没有对我说再见就挂断电话。

我没有怪他，也不能怪他。

他说的我都明白，我也都很清楚。这些话我在书上看过，我在网络的文章上读过，我也常常对自己说。但都没有用，当那晚的回忆袭来，我内心的正面能量就像电力耗尽的电池一样，发挥不了任何作用。

人生最痛苦的，就是很多事明明都知道怎么做，却怎么努力也做不到。很多道理，你明明都比别人懂，却怎么用心也没办法让自己快乐。

接着发现，快乐其实只属于幸运的人。

☆ 让我继续不幸下去，好维持这个世界的平衡，就不用谢我了。

第二章

所谓的孤单，
是自己一个人玩着生存游戏

我曾经是对未来怀抱美好幻想和憧憬的女孩。

和每个十五岁的女孩一样，我过着很平常的“国中”生活。

讨厌上导师的数学课，不喜欢体育课要跑操场，最喜欢下课去合作社买米血糕并且加很多辣椒酱，一定要和同学边走边吃，聊着前一天的综艺节目有多好笑，每天都在期待自己长大的样子是不是会如想象中美好。

我告诉哥哥，我长大要当律师。哥哥说我聪明伶俐，讲话又有条理，很适合当律师。他从小就疼我，就算我说我长大要当总统，他也会说：“没问题，你一定可以。”

我没做到的事，哥哥帮我完成了。

初二时，我和班上同学拿到全校辩论比赛第一名，放学后一回到家，我就开心地嚷着喊着，往哥哥房间冲进去，要称赞他慧眼识英雄。但他不在房间里，却有一个我没见过面的男生侧躺在哥哥的床上，很随兴似的看着金庸的武侠小说。

我到现在还记得他看的是《神雕侠侣》。

“季阳出去买东西了。”他缓缓地说。

“哦。”我回答着，然后转身要离开房间。

“等一下。”他从后头喊住了我。

我回头，看他下床走到自己书包旁边，从里头拿了条巧克力，然后站到我面前把巧克力递给我，淡淡说了声“恭喜你”，伸手摸了摸我的头，带着一抹不仔细看就看不出来的浅浅微笑。

从那一刻，我就爱上了他，哥哥的高中同学，简耀然。

任何少女要喜欢上一个人总是没有理由的，如果硬要说出一个原因，那就是肤浅。从那天之后，我眼里只看得到他，我心里想的也只有他，所以有关他的各种消息，我全都想知道。

“说一下嘛！”我对哥哥撒娇。

哥哥放下手上的漫画，一脸八卦地看着我说：“朱立湘，你怪怪的哦！对耀然这么有兴趣？”

“哪有，只是随便问问啊。所以他是下学期才转到你们班的吗？”我继续问。

“因为爸妈离婚，他跟着爸爸，从台北转来新竹的学校。”哥哥说完，再次拿起漫画来看。

“那他人怎样？”

“嗯……功课还不错，运动也蛮拿手的，个性比较安静一点，在我们学校蛮受女生欢迎，不过还是输你哥一点。”哥哥边看漫画也不忘边自夸，再顺便送我一个少女杀手级的微笑。

但没杀到我，是我比较想杀他。

我在心里偷翻了一个白眼，“有很多女生喜欢他？”我问，假装冷静地问，就像在问哥哥明天早餐要吃什么一样冷静。

“很多啊，但比我少一点。”

“喜欢他的，都很漂亮吗？”

“蛮漂亮的，但比喜欢我的那些女生还差一点。”哥哥头也没抬地回答。

我不想再问了，因为我懒得再听朱季阳称赞他自己，身为妹妹的我真的不想吐槽他，伤害他的自尊心，但我也不能再虐待自己的耳朵。我回到自己房间，看着那条没拆的巧克力，想到他的微笑，庆幸自己喜欢上一个好的人。

慢慢地，耀然学长成了哥哥的死党，两个人在学校总是一起行动，放学后也经常形影不离，好像还说好的一样，考试成绩轮流包办全校的前一、二名。

他也成了妈妈的第二个儿子。因为耀然学长的父亲工作需要轮班，所以他几乎每天都留在家里吃饭，妈妈总是拿他的碗来玩夹菜叠叠乐，目标应该是叠得比玉山还高。

他更成了爸爸下围棋的伙伴，一到假日就找他来下棋。两个人的求胜欲都很强，可以连续下棋十四个小时不吃不喝。我不懂，不过是下棋又不是在淘金矿，赢了又怎样？

最重要的是，耀然学长成了我眼里唯一的男人，比刘德华帅、比金城武迷人、比 F4 还要酷上几万倍，我十五岁生日那天许下的三个愿望，都是想和耀然学长谈恋爱。

当我吹熄蜡烛时，睁开双眼映入我眼帘的是耀然学长，他脸上依旧是肉眼很难察觉的微笑表情。他摸了摸我的头，对我说一句，“不管你许了什么愿，一定都会实现”。

那一秒，我真的相信愿望一定可以实现。

在努力遗忘那些悲伤的过去时，我更害怕连仅存的这一些美好片段也会一起消失。生活已经这么辛苦了，为什么连回忆都这么让人困扰，难道不能只留下好的，忘记坏的？

“没事吧？”乐晴的声音在我耳边响起，把我从过去拉回来。

我看着她，她指了指我手中已经被哥哥挂断，只发出嘟嘟声的话筒，我才反应过来，缓缓把话筒摆好，平静下来，对乐晴点了点头，“没事。”我说着。

“嗯，快去休息吧！”乐晴知道，再问下去也是和往常一样，我不会有什么最新说法，所以很豪爽地放我回房间。

回到房间，我坐在床上，想着哥哥刚才对我说的话，想着妈妈又因为我而自责。我沉重地起身，走到工作桌旁，从小抽屉里拿出一个月用不到几次的手机，开启电源。

按了妈妈移动电话拨出，妈妈好像等了好久一样，通话马上被接起。

“是立湘吗？你没事吗？季阳说你醒了，妈真的好担心你。都是我不好，让你想起不开心的事，还害你昏倒。我这个妈妈真的很失败，妈真的很抱歉，我从今以后都不说了，绝对不说了。”这时，我和妈妈的角色好像对调了一样，她像做错事的小孩一样期待我的原谅。

记得小时候我比哥哥调皮，从四岁开始最常说的一句话就是：“妈妈，我错了，可不可以再给我一次机会？”

我很难过，妈妈为了我如此自责。

“妈，跟你没有关系，我只是赶案子没睡好而已。”我吞下哽咽，试着让对话气氛不那么悲伤。

我十几年来都在接受别人安慰，竟没有学会怎么安慰别人，说了一句谁也不会相信的话，然后我和妈妈两人词穷了起来。每当妈妈不知道该说些什么，而我也不知道要说什么时，通话就会告一段落。

但我知道我有责任缓解妈妈的自责，因为那从不是她的错。

“妈，对不起。”我说。

妈妈的泪水没有止住，电话那头传来哭泣的声音，我的眼眶也红了。爸爸接过电话，安慰着我，“立湘，好好休息，不要想太多”。接着支支吾吾地说：“那个……爸是想，如果你的情绪上有……呃，有不开心的，还是会胸闷……要不要再去让王医师看看？”

我已经七年没有看过心理医生了，所以我以为我好了。

"爸，我真的没事。"我说。

爸爸迟疑了一下，"嗯，没事就好，没事就好。"他开始说服他自己。

我们都是这样，过日子，就是吃三餐再加上说服自己。

"那个……生日快乐，昨天来不及跟你说。"我一直记得这件事，我一直记得，要微笑开心地祝贺爸爸，昨天却被我给搞砸了。

我可以察觉爸爸在电话那头先是愣了，才笑着说："好、好，谢谢，你快乐，我就快乐。"听他这样说，我既无奈又心酸。

和爸爸道了再见，结束通话，手机屏幕显示通话时间是五分二十三秒。我忍不住想着，一年内我到底花了多少时间好好当他们的女儿，我从没有尽过女儿的责任，爸妈的所有事，都是哥哥在处理，因为我自私地只负责不停伤心和一直沉溺于过去。

我叹了口气，走回房间，躺回床上，却发现越安静，心就越慌乱，我只好再次坐起身，回到工作桌前，打算用工作来放纵自己，这永远都是最有效的办法。

客户来信告诉我，关于疗愈系商品的部分，希望可以见面讨论比较安心，但面对面沟通已经不再是我的强项，所以我总是能拒绝就尽量拒绝。但客户非常坚持，再加上之前合作过几个案子，能用的理由和借口都用得差不多了，我只好妥协。

就在我寄出 E-mail 答应明天中午见面时，天花板又响起了好大的声音，楼上像是重物掉落，砸在地板上“砰”的好大一声，我吓得抬起头看着，声音又消失了，房间里面只剩下我有点神经质的呼吸声。

到底是真的，还是我的幻觉?

想起父亲要我去看心理医师，难道我真的又病发了？我开始焦虑了起来，我再不想看医生，也再不想靠安眠药睡觉，我起身，走出房间。

只有乐晴在客厅里整理大勇没收好的电游。

我走到乐晴身旁，她被我无声的移动吓了一跳，大勇昂贵的电游摇杆就这样掉在地上，向乐晴道歉前，我已经先在心里跟大勇下跪了。

乐晴一脸看到鬼的样子对我说：“妈啊！立湘，你知道我年纪大了，经不起吓吗？而且你怎么起来了？你不是在睡觉吗？”

我摇了摇头，缓缓地说：“我房间天花板有奇怪的声音。”

“什么奇怪的声音？”乐晴把大勇的昂贵摇杆再次丢到地上，边说边走进我房间。我跟在她后头，一进房就看到她抬起头认真看着天花板。

她观察了一下，回头看看我，“没有啊。”

“刚刚发出‘砰’的很大一声。”我说。

乐晴先是狐疑地看我，接着用极度不自然的表情说：“立湘，那个季阳是说，可能你最近会有一点情绪不稳，还有可能会有一些，嗯，特别的行为，然后希望我们……”

她们原本就知道我很奇怪，但她们接纳我的怪癖，太阳下山后不出门，旅游不过夜，晚上不能熄灯，不爱和陌生人说话，和全世界的人保持距离。昨天莫名其妙昏倒和情绪失控，再加上我哥的叮咛，我现在百分之二亿肯定，乐晴她们都一定知道我有病。

“我真的听到了。”我不想承认我有病。

乐晴再给我一次机会，和我一起安静地抬起头看天花板，一分钟过去，两分钟过去，天花板依然没有声音，乐晴转头看着我，脸上表情说出她给过我机会了。她安抚我：“你好好睡一下，我去准备晚餐，等会你要给我吃两碗饭。”

好了，我彻底被乐晴放弃了。

我也开始对自己绝望。乐晴轻拍了我的脸，要我别在意，又给了我一个打气的笑容后，转身离去。在她踏出房门那一刻，天花板为我扳回一城，很不客气地又传来：砰！砰！砰！

乐晴马上回过头看我，再抬头看着天花板，不停来回看着我，又看向天花板。接着走到我面前："你刚刚有没有听到什么声音？"

我很用力点了点头。

乐晴松了一口气："我还以为我幻听咧。"

这一次，我不孤单。

但原来乐晴刚刚真的觉得是我幻听，不过，老实说我也很怕自己是幻听，又得再开始治疗之路。我很感谢自己告诉乐晴这件事，至少证明了我没有生病，而是楼上真的出现奇怪的声音。

"前几天就这样了。"我说。

"可能是有流浪猫跑进去了，我上去看看，你不要担心。"乐晴很有自信似的拍了拍我的肩膀。

接着她走出去，我也跟着出去，看到她在东翻西找。先去厨房拿了菜刀，后来把菜刀放回去。再去储藏室拿了铁锤，发现不对又放回去。最后去依依房里拿了尚昱哥收藏的职业棒球明星大师兄签名球棒，才往门外走去。

我发现她的手在抖。

“我陪你去。”我鼓起勇气说。

即便乐晴老是像妈妈一样照顾我们，但她也不过大我两岁，个子还比我娇小，就算我再讨厌出门，再害怕陌生环境，也不能让她自己去楼上。因为并不能确定在楼上发出声响的是流浪猫。

我不能让乐晴有任何发生和我一样经历的机会。

想到这里，我忍不住全身发抖，但我仍然握紧拳头，因为哥哥说的那句，“你如果不帮你自己，这世界上没有人可以帮你”。

我无法遗忘恐惧，唯一的选择，也就只有面对恐惧。

我走到门口，穿着鞋子，乐晴又意外又担心地看着我，“你别去，我去就好。”

我打开门走了出去，用行动回答乐晴。

她也很快穿上鞋子，走到我面前，牵着我的手，一起到了楼上，站在门口，我们两个人对看了一眼，才发现我们根本就没有钥匙，怎么进去？

刚刚对自己喊话的信心，瞬间变零。

“我们到底在干吗？”乐晴看着我说。

我苦笑一下，我不知道自己在干吗就算了，这两天还让乐晴忙到连她自己也不知道在干吗。

“一急就没脑袋，连手机都没带。我们先下去打电话给里长，请他和刘先生联络，叫房仲来开门。”

我点了点头。

“一定是房仲带人来看屋子，结果门窗没有关好，让流浪猫跑进去了。”乐晴对我说，也顺便对她自己说。

我们手牵手准备下楼时，屋子里传来声响，里面有人用英文骂了脏话，F开头的，是男人的声音。乐晴一听里面有人，马上松开我的手走回门前，然后按了门铃，对里头喊：“请问里面有人吗？”

但我一听到里面有陌生男人，吓到腿有点软了，有点犹豫，不知道是要留下还是马上冲回家。

很快地，门打开了，探头出来的脸满是胡须又有点凶狠，头发好长，感觉好几天没洗头，穿着无袖背心和短裤，长得就像八仙过海里李铁拐的双胞胎，我警觉地想要逃，但我不能丢下乐晴，害怕又担心地看着她。

乐晴紧握球棒，被现代李铁拐的脸吓到。她把说话音量调到最大，问着他：“你是谁？你为什么在这里？你在这里干吗？你知道随便闯入民宅是会被抓去关的吗？”

李铁拐没理会乐晴的恐吓，正经地看着她，很冷静地说：“我是住户啊。”然后转过头，直愣愣看着我，有点像在瞪人。

他的眼神太过突然地扫过来，我心一颤，在楼梯旁一个没站好就这样滚了下去，耳里还伴随着乐晴的尖叫声。确定自己滚到定位后，再次努力睁开眼睛时，还没反应过来，只觉得耳膜快破了，因为乐晴在我耳边大吼我的名字。

“我没事。”我对乐晴说，只是全身骨头好像散了一样。

“天啊！你额头流血了，天啊！你手肘也擦破皮了，天啊天啊天啊！你的膝盖也流血了。”乐晴检查我身上的伤，急得快哭了。

我还来不及看自己的伤口，就被人横抱了起来，头一抬，竟是李铁拐。我被他的举动吓到，不停挣扎着要他放我下来。心中的阴影再度涌上，我歇斯底里大叫，要他放开我，被陌生人碰触的恶心感从胃里蹿出，然后，我抓着他的领口，胃一紧缩，下一秒，往他身上吐了下去。

中午吃的红烧肉、炒三鲜、凉拌绿花椰菜、猪心汤，都在李铁拐的肩上、背后。惊讶的表情只在他脸上闪过一秒，但他仍然没有放开我，冷静地对乐晴说：“她需要擦药。”

乐晴尴尬地看着我和他，赶紧说：“我们住楼下。”

李铁拐抱着我往楼下走，头也没有回地交代乐晴，“记得她的鞋子。”

他身上都是我呕吐物的味道，因为有我的味道，反而缓解了我的紧张。我没有再挣扎，就这样被他送回家里客厅的沙发上。依依和明怡也刚好去大卖场回来，一进客厅看见狼狈的我和李铁拐，两个人张大嘴巴不知所措，而跟在我们后面的乐晴，拿着球棒猛向李铁拐道歉。

李铁拐很酷地说：“没关系，那个，我是前天搬进楼上的纪东炫。”接着很潇洒地走出我们家。我看到他衣服背后，黏着未消化的红萝卜，转头看乐晴她们三人，她们都用手捂着嘴巴，快吐了的样子。

还好她们都没有吐，我的伤口很快地被处理了。明怡正在帮我擦药，乐晴边跟她们说着刚刚发生的经过，她们也边看着我，表情尽是同情李铁拐。

“我才要叫他别碰立湘，谁晓得他一下就把立湘抱起来了。”乐晴说。

依依眼睛发亮：“这么帅？”

“你们也知道，陌生人，尤其是男生，只要一碰到立湘，她就会变得很可怕。”明怡和依依猛点头，“结果立湘挣扎几下之后，就吐了。”

我听着乐晴的描述，丢脸得缓缓低下头，接着明怡慢慢脱掉我左脚上满是血渍的袜子，才发现我的脚指甲掀了起来，“天啊！”明怡轻呼。

“光看到我都觉得痛死了，这怎么能走路？还好纪先生抱你下来。”依依看着我的伤口，脸部有点扭曲地说。

“结果她吐在人家身上。”乐晴完全没发现我的羞愧，继续说着。

明怡皱着眉头看我：“立湘，这可能要去医院处理，掀起了将近半片耶。”

我看窗外的天色暗了下来，摇摇头。不想出门，我宁愿在家痛死。

明怡只好先帮我处理伤口，乐晴和依依先去准备晚餐。本来就像废人的我，现在因为脚上有伤，完全成为行动缓慢的真正废人。

“好了，但明天一定要去让医生检查一下。”明怡眼神直视我，希望我给她一个保证。于是我点点头，她很满意地拍了拍我的脸，就去帮乐晴她们料理晚餐。

我坐在沙发上，想起身去餐桌帮忙摆餐具，被经过的乐晴眼尖发现，“你给我好好坐着就好。”原本离开沙发约莫一厘米的屁股，再次狠狠地黏回去。这时门铃刚好响了，乐晴随即去开门。

走进来的是我哥，还有大勇。

大勇一进来就往他的老位置坐，也就是电视前，准备开始打电游。而哥哥则是看着我，表情有点尴尬，我想是因为早上他挂了我电话。

但哥哥不懂，挂我电话，和我带给家人的压力比起来，根本算不上什么，我值得被哥哥挂上几万次电话。

“我的摇杆为什么有刮痕？”大勇拿起他的宝贝摇杆慌张大吼，打断了我和哥哥的沉默相视，我发现哥哥和我同时松了一口气。

呼。

听见大勇的吼叫声，刚走回厨房的乐晴再走出来，火气不小地对大勇说：“你在大声什么？自己打完电游又不收好，有刮痕怎样，不能用了是不是？那刚好，顺便丢掉，省得我还要收。”

大勇马上变脸，讨好地回应乐晴：“没有啦，我是太高兴了，想说怎么刮得这么有艺术感，你看刚好一个钩钩，NIKE 耶！”

“少来，去买沙茶酱。”乐晴完全没有被大勇唬住，他们从大学开始认识到后来在一起，大勇只要一张开嘴，乐晴就可以看到他的胃了。

“沙茶牛肉？砂锅鸭？沙茶螃蟹？”大勇眼睛发亮地问。

“沙茶牛肉，给你三分钟，不然就是沙茶孙大勇。”乐晴一说完，大勇的身影五秒内消失在大门口。乐晴很帅地转身回到厨房继续忙。

客厅只留下哥哥和我。

想假装没事，我伸手拿起沙发上的杂志翻看，哥哥突然一脸紧张地问我：“你的手肘怎么了？”然后一个移步来到我面前，拨开了我额前的刘海：“这里也受伤了？”

三十几年的兄妹，我在他眼里读到了不信任，他以为我情绪不稳自残。我很难过，但我明白，是我的行为造就了别人的看法，我就是如此不争气，才让哥哥这样想。

我没有资格生气，只能好好解释："刚刚不小心从楼梯跌下去。"

"对啦，都是我没有注意，才害立湘受伤。"乐晴不知道什么时候又从厨房出来，小心翼翼地看着摇杆的刮痕。

哥哥听到乐晴的说法，相信了乐晴，察看我身上的伤，告诉我："明天陪你去看医生，你的脚趾今天不可以碰水。"

"我明天自己去看就好，刚好和客户约好要谈点事。"我说。

哥哥和乐晴不放心地看着我，人要做得像我如此失败还真是不容易。我露出微笑，想要博取更多信任："我真的可以自己去，只是走路比较慢一点而已。"

"我明天没有什么事，可以陪立湘去。"乐晴说。

"我可以自己去。"我再一次回答，很坚定地。

哥哥和乐晴最后妥协了，"如果脚真的很不方便，随时打电话给我。"他说。

我点了点头。

哥哥留下来吃完晚餐，扶我进房后，他从口袋里拿了两张拼凑过的照片，递到我面前。我惊讶地看着他，接过还缺了几块碎片的耀然学长的照片。"别再撕了，我老了，视力不好，要拼很久。"哥哥开玩笑地说。

我只好给他面子，笑了一下。

“不是撕了就可以忘记的，我知道它们对你很重要。”哥哥说着。

我对耀然学长的感情他是知道的，所以事情发生后，为了减少我的痛苦，不让我再想起那些事，他和耀然学长渐渐减少联络，最后因为我，失去了一个好朋友。

哥哥拍了拍我的肩膀，没再说什么就离开了，把我和那两张照片留在房间里。我看着和耀然学长的合照，在耀然学长身旁的我笑得好幸福，而耀然学长脸上仍然挂着只有我能察觉的笑容，手正温柔地摸着我的头。

那天，是我人生最快乐也最痛苦的一天。

那件事，就是在那天发生的。

我望着照片叹了口气，不能再想了，我得赶紧回到正常生活。被回忆困了好几天，不能再这样下去了，我得要正常，我身旁的人才能正常。于是我回过神来，把照片随手就塞进了枕头底下，缓慢地回到工作桌前，开始准备明天和客户要讨论的资料。口才变差，就要用其他的方式来表达。

当我认真地找资料、画草图、写建议书时，天花板又传来声响。但我已经懒得抬头看了，知道楼上住的是人，知道不是我的幻听后，不安感已经消失。我顿时全身一阵酥麻，原来面对恐惧，才能真的处理恐惧。

虽然脚趾偶尔传来一阵刺痛。

顿时心里感到一阵好久不见的轻松，我带着微笑熬夜，而楼上也是带着狠劲制造噪声，和我一起到天亮。

准备好资料，再处理另一个客户要赶的案子，我很满意今天的进度，内心充实地躺回床上，隐约听到乐晴、依依、明怡轮流进门叫我吃早餐、问我伤口痛不痛，但放松后的睡眠，太深太沉太舒服，后来我就失去意识了。

我再次睁眼，是楼上又传来“砰”的一声。

我坐起身，恐惧转变成烦躁，再这样吵下去，我可能会因为这些声音精神耗弱，而再次发病。但我没有烦躁太久，因为我看到床边的电子时钟显示已是十点半。我只能心很快可是动作很慢地梳洗换衣。

拿了包包及资料，跛着脚下楼，一个阶梯一个阶梯地缓慢移动，和陆续上楼的邻居点头打招呼。他们看见我脚受伤，似乎很想问的样子，但知道问了我也不会回答，最后都只好作罢。

到了一楼，我艰难地把包包和资料都放到左手，伸出右手准备开门时，后面突然伸出一只手帮我完成了这个动作。我尖叫一声，接下来手上的东西都不见了，我吓一跳又忍不住大叫了一声。

“你肺活量蛮大的。”李铁拐，不，是纪东炫低沉的声音在我头顶上响起。

我抬起头看他，闭上了嘴，想把他手上属于我的东西拿回来，但他动作很快地先往外走，我只能拖着腿，试图跟上。他可能是个好人，对我来说却仍是陌生人。

没吃早餐，又有点想吐了。

不顾脚指甲翻起，我忍着刺痛快速追上他，他见我走到旁边，停了下来，打量我一眼，把我的东西还给我。我拿了东西后继续往前走，他就这样跟在我后面。

我假装镇定地加快脚步。

“走慢一点，你的脚不是在痛？”他在我后头说着。

我停顿一下，决定放过我的脚趾。我觉得再这样逞强走下去，医生可能会叫我直接截肢，于是我恢复正常速度走着，他也缓慢地跟在我身后，和我一起上了公车，我坐在前面，他坐在我后面。

我不知道他是在跟踪我，还是刚好和我同方向，我警戒地坐直身子，他的头往前靠过来，在我身旁说了一句："放松一点，你是随时要去打仗吗？"我吓一跳，回过头，他直愣愣地看着我，像昨天一样。

我转头不再看他，但对他的恐惧已没有昨天那么强烈，只是习惯随时随地保持警戒的我，并没有因为他的一句话而卸下心理包袱，我仍然直挺挺地坐着，下了车后，他也跟着我下车，继续走在我后面。

我走进乐晴昨天帮我预约挂号的诊所，拿出健保卡给护士。转头往门外看去，纪东炫不见了。我松一口气，到诊疗室外的长椅坐下等候叫号，眼神仍不自觉地往外看。

"朱立湘小姐！"护士走出来喊我的名字，我回过头起身，跟着护士进诊疗室。

医生说要拔掉趾甲，我点了点头。"会很痛喔！"他说。

"嗯。"

医生好像对于我的冷静有点惊讶，接着护士拿了麻醉药，对我说："打针会有点痛喔！"我仍旧点点头，没有任何讨价还价或是挣扎。护士小姐以为我是太害怕了，边打针边安慰我："忍耐一下喔！很快的。"接着在我的脚趾左右边各打了一针。

"不痛吗？"护士一脸不可置信地看着没有任何反应的我。

"痛。"我冷冷地说，但经历过比这个更痛的，这种皮肉痛就算不上什么。

护士看到鬼似的打量了我一番。医生进来了，右手拿着钳子，左手摸着我的脚指甲问着："现在有什么感觉吗？"

我摇了摇头，医师突然叫了一声我的名字，我抬起头看他的同时，趾甲也顺便被拔掉了。

医生骄傲地拿着夹住趾甲的钳子，"是不是很快？"炫耀他的成果。

"嗯。"我点点头。

医生无趣地收起笑容，快速帮我包扎伤口，然后郑重交代我后续要注意的事项，还有复诊的次数。

"我可以自己在家擦药吗？"只要不出门，我愿意多拔几个趾甲交换。

医生摇了摇头："不行，要固定时间复诊。对了，趾甲要帮你打包吗？"

"不用了，谢谢。"我说。

我站起身走了出去，在柜台领完止痛药，慢慢走出诊所。或许因为麻药的关系，总觉得脚趾一点都不痛，行动比刚刚方便。诊所的电游门一开，我看到纪东炫坐在外头的一辆摩托车上，吃着御饭团。发现我出来，他把吃了一半的饭团全塞进嘴里，立刻跳下车。

他走到我面前时，嘴里的饭团已经进了他的胃。"医生怎么说？"他很自然地问着。

我看他一眼，没有回答他，转身往前走。和客户约在前面的星巴克谈事情，所以乐晴特地上网帮我预约了这间最近的诊所。

他走到我面前："你干吗不说话，我又没有要对你干吗。是我害你摔下去的，让你受伤觉得很不好意思，我想知道有没有很严重，如果有需要，我可以付医药费。"

我停住脚步，原来这是他跟着我的原因。

"我没事，而且是我自己摔下去的，跟你没有关系。"我淡淡地对他说。

纪东炫笑了，我看不清他的笑容，因为被他的满脸胡须给挡住了，只能看到他眼角的笑纹。

“我一度以为你有语言障碍，不会说话，没想到你会说话耶。”他有点惊喜。

我不知道怎么回应他，也不想回应他，转身往前走。但他好像打开了话匣子一样，继续走在我旁边说话：“你今天没有觉得全身酸痛吗？一般来说，从楼梯摔下来，隔天都会很痛。像我的床那么小，我每天睡觉都从床上摔下来，醒来全身都痛死了，你都不会吗？除了脚以外，其他的伤都没事吗？还好没有脑震荡，我之前去骑重机，结果摔车，轻微脑震荡住院住了一个月。”

他跟着我，不停地自言自语，我只能当耳边风。好不容易走到星巴克门口，我转过头，开口打断他：“不好意思，我约了人，再见。”转身直接走进去。

在靠近店门口的左手边座位，看到了见过一次面的吴经理和她的助理小美。我走过去和她们打招呼，坐下后，忍不住回过头看向门外，纪东炫再次不见。呼，我在心里吐了一口气。

他很热情，但对我来说，热情的陌生人只会让我压力很大。

吴经理的叫唤声把我拉回工作上。我们开始讨论商品设计的想法，交流着彼此的意见。花了两个小时，她妥协，我也退一步，才达成共识。我有了明确的设计方向，她有了进度可以回公司交差，合作愉快。

“朱小姐，你要不要干脆来我们公司上班？”吴经理笑着说。

我微笑地摇了摇头。

“以你的实力，一定很多公司想要挖你进去。”

我没说什么，想起被我回绝过的公司，大多都是接触个一两次就会打退堂鼓，目前仅存的只有自由设计，至今仍每天一封信网罗我。很有毅力，但还是赢不过我的坚持。

“让我请你吃个晚饭，上次你帮公司设计的书签大卖，目前日本、韩国都在找我们谈合作，一定要好好谢谢你。”吴经理热情地对我说。

“不了，我晚上还有事。”跟乐晴她们吃饭，是我生活里很重要的事。

吴经理被我拒绝到很习惯了，仍旧保持笑容：“好，那下次我们再一起吃饭。我们就先回公司了，需要送你一程吗？”

我摇了摇头，“我习惯坐公车。”

吴经理和我道了再见，便和助理离开。我快速收着桌上的文件资料，接着我听见一道熟悉的声音在我身后响起。

我全身好像被三万伏特的电压电过，发抖着微微转过头去，耀然学长就站在门口和一个男人说话，和我距离不过两米。

看见耀然学长，我变得呼吸急促，让我更心慌的是，他变了。

在他脸上的，不再是只有我才能察觉的微笑，他礼貌地灿烂笑着，紧握对方的手说："Erik，就麻烦你了，有什么需要我协助的地方，尽管告诉我。"声音也变得比以前轻快。

对方也非常客气地回应："别这么说，Leo，希望我们合作愉快。"

两人相互寒暄着，原本不擅社交的耀然学长，已被现实磨炼，成为适合在社会上生存的人，十五年前有个性的耀然学长，不知道什么时候开始，对这个世界妥协。

他变得和以前不太一样，但我仍被他吸引，即使慌乱、害怕、不安、恐惧的心情全都冲上来，我还是无法移开看他的目光。

像从前一样。

我的心快速地跳着，为他。

就像和他合照的那天一样，这一刻，我的心脏是属于他的，只为了他一个人跳动。

我喜欢他的心情，又变得和十几年前一样。

☆ 在爱面前，就连时间都得对女人下跪。

第三章

所谓的过去，
只是时间经过，其实从未离去

“虽然耀然是我的好朋友，功课不错长得又帅，但我还是不会同意他的，你不要幻想什么。”哥哥在一旁，看着我穿上和他同一间高中的制服，突然这样对我说。

我吓了一跳，知我莫若哥，竟然知道我此时此刻正幻想着和耀然学长穿着同一所学校的制服，放学后去约会。但我急忙澄清：“哥！你在讲什么啊！你很无聊耶。”我拍了拍身上的新制服，今天是我美好的高中生活第一天。

但我哥无敌煞风景。

哥哥学着我的声音三八地调侃我：“你很无聊耶！拜托，你在想什么，不要以为我不知道。你上大学后才可以谈恋爱，在这之前，你好好念书就好，现在男生都很坏，不要被骗了。”哥哥像个爸爸一样，规定我谈恋爱的年纪。

还真好意思说，他自己就是坏男生代表，长得漂亮一点的学姐、学妹，哪个没有被他伤过心？最后都来找我哭诉或是巴结我，要我帮她们说好话。

“你自己少让女生哭就好。”我说。

“你说这话就不对了，如果她们自己一厢情愿，为兄我也无法控制啊！总之，你好好念书，其他的想法都不要有，知道了吗？”哥哥走到我面前，很认真地对我说。

“我哪有什么想法。”我死不承认。

“需要我讲白吗？你朱立湘就喜欢简耀然啊！”哥哥就这样把我自以为收藏得很好的秘密说了出来。

我顿时不知道该怎么反应。

“猜对了吧！其实也不用猜，你的眼睛背叛了你的心——”说着说着还唱起歌来，“别假装你还介意我的痛苦和生命，还介意我的眼泪，还介意我的憔悴，还骗我一切不愉快都只是个误会……”

五音不全还敢唱郑中基的歌。

就这样，我的心思被哥哥知道了，和耀然学长的互动也变得很不自然，总是要介意哥哥的眼神。他老是会趁机取笑我或是捉弄我，但这无法阻止我对耀然学长的爱。

哥哥一直以为我对耀然学长只是小女生的崇拜，但某一次，他偷吃了我做给耀然学长的巧克力，才知道他妹妹是来真的，他妹妹是真的喜欢耀然学长，而且是非常喜欢。

“好啦，对不起嘛，我再买来赔你。”哥哥已经对我示好一个星期，我仍然不想和他说话。

“还在吵？”妈妈将刚炒好的高丽菜端上桌，看着哥哥问。

哥哥点点头，妈妈转过头来替哥哥说话：“都多久了，为了几颗巧克力，和你哥生这么久的气？你都几岁了？”

“十七。”我回答着妈妈。

妈妈笑着摇摇头，对哥哥说：“你自己想办法，你妹的脾气说一就是一，我拿她没辙，好了，赶快吃饭。”接着脱下围裙坐到爸爸旁边。

“你到底要我怎样嘛？”哥哥有点挂不住面子。

我冷静地放下筷子，然后很认真地开口：“那巧克力是我研究很久，做了很多次才成功的。你没有问过我就直接拿去吃，就是不尊重我。不管东西大小，只要是你的东西，我是不是都经过你同意才碰？”

哥点了点头：“好啦，对不起啦！”

“而且为什么你说了对不起我就一定要原谅你？我不被尊重的感觉还没有平复，如果我没经过你同意，把你整套棋灵王漫画丢掉，再跟你说声对不起，你就会马上原谅我了吗？”我说。

爸妈被我的强硬态度吓到，“也没有这么严重吧！”爸爸说。

我转过头看着爸爸，缓缓地说：“爸，有没有这么严重，是我的感觉，不是你觉得没有那么严重，它就没有那么严重。对我来说，那巧克力是我最重要的东西，它很珍贵，所以对我来说很严重。我会原谅哥哥，但请给我时间消化。”

“是。”爸爸低下头，继续吃饭，妈妈看着我笑了笑，夹了块鸡肉，安慰爸爸被女儿 KO 的心情。

我回过头看哥哥，轻声对他说：“吃饭。”

他愣了一下，结巴地说：“喔……喔！”手忙脚乱地拿住筷子，乖乖吃起饭来。

从那天开始，我哥学会尊重我的感情，也知道了我有多喜欢耀然学长。

他更彻底知道那件事对我的伤害有多大。哥哥一定无法想象，被社会化后的耀然学长此刻就出现在我的眼前，而我的心跳居然仍为他加快速度，比十五年前跳得更快。

似乎察觉有人热切地注视着他，耀然学长转头往我的方向看过来。我快速回过头，背对着他，一动也不敢动，害怕他发现我。

我喜欢他，但这辈子我都无法面对他，永远无法。

时间好像静止了一样，我动也不敢动，全身的汗毛都直立了起来，和我一起关注着周遭的变化。我祈祷耀然学长没有发现我，最好是这辈子都不要发现我。

但我的肩膀突然被人拍了两下。

我马上全身僵硬，完全不敢转身面对耀然学长。我不敢见他，从那天之后，我就再也没有见过他了，那时候他眼神里解读不出的情绪，是我这辈子最大的痛苦。应该是可怜我吧，我想，多年前我自己下了注解。

在我心跳几乎快停止时，后方传来声音："你要回家了吗？"

不是耀然学长的声音。我回头，纪东炫的脸映入我的眼帘。我往门口的方向望去，耀然学长已经不在那里，眼神转回来再看了纪东炫一眼，下一秒，我哭了出来。

全身虚脱地哭了出来，接着趴在桌上，哭出了声音。

“哎哎哎，你不要这么突然好不好？”纪东炫慌张地在我身旁说着。

回应他的，是我更大声的哭泣。

“喂！你这样很过分耶，哪有人像你这样乱哭的，大家都在看我了。哎，你不要哭了啦！”他用手指戳了我的手臂两下。

“我朋友有点不舒服，不好意思喔！不好意思！”他对着旁边的人解释着。

不管他有没有被人指指点点，我第一次觉得，幸好是纪东炫，不是耀然学长，还好是纪东炫，真的。

他就这样坐在我旁边，等我哭完抬头，把面巾纸递到我面前，“整整四十五分钟，你的眼泪还真多”。

我没有拿他手上的面巾纸，而是起身走进洗手间，为自己洗了把脸后再走回位置，拿了东西快速地离开星巴克。而纪东炫跟在我背后，又开始自言自语：“你饿了吗？要去吃点东西吗？我想吃牛肉面，你有推荐的店吗？我不是台北人，对台北不太熟，还是你有隐藏的美食名单？”

走了十分钟，纪东炫就跟在我身后狠狠地说了十分钟。经过饮料店时，我转过头看他，他愣了一下，一脸无辜。我怕他渴死，买了杯珍珠奶茶递给他，他露出中了乐透的眼神，感到很不可思议似的看着我。我没有理他，径自继续往前走。

其实，我是感谢他的，因为他不停在我耳边碎碎念，让我无法专心沉浸在见到耀然学长的激动里。虽然心情还没完全平复，至少比我想象的好多了，我只哭了一下，而不是完全失控。

没想过会有再见到他的一天。以为他是属于回忆里的人，只能放在过去，现在才知道，未来和过去永远都无法切割。

上了公车，纪东炫一屁股坐在我旁边，和我靠在一起，我突然又涌起一阵恶心的感觉，他发现我又要吐了，马上换了位置坐到我后头：“喂，你怎么那么爱吐啊？”

我坐在他前面，听着他慌张的语气，忍不住笑了一下。仍隐约感到有点恶心反胃，不过不是因为他，而是我一整天没有吃东西，胃不舒服罢了，我很惊讶，自己对他的熟悉度竟如此迅速上升。

可能是由于第一次见面就吐在他身上，也有可能因为今天第二次见面，我就毫无理由地在他面前大哭。

纪东炫可以去买乐透，他很幸运。

“台北有哪里好玩的吗？一〇一你去过吗？”他就算坐到我后面，仍靠玻璃窗和座椅间的缝隙对我自言自语，我看着车窗外的景色，仍没有回答他半次。

“那九份呢？你去过吗？还有那个金石头还是金菜瓜？我在旅游网站看到，好像都还蛮好玩的，喔！我最想逛夜市，那个士林夜市的小吃看起来都好好吃。虽然我是台湾人，但我在北京长大，朋友问我台湾哪里好玩我都不知道，我根本就是假台湾人……”他自己越说越兴奋，我有没有回应，对他来说一点都不重要。

他停了不到十秒，又开始：“你看起来很像自由职业者，也好啦！不然你这么不爱说话，去公司应该也很难和同事沟通，自己一个人工作应该比较适合你。你是哪个行业……”我还是没有回答。

下了车，他虽然继续跟着我，但突然不说话了。我好奇地转过头看他，他对我笑了笑。我回过头走着，对他的安静，感到很不习惯，又忍不住再回头看了他一眼。

他突然走到我旁边，开心地说着：“是不是想跟我聊天？”

我摇了摇头，他又放慢脚步，跟在我身后。真是个奇怪的人，但我也没有资格说他，因为在他心里，我应该也很奇怪。

就这样到了家门口，他突然说：“下次你复诊的时候，我跟你去。”

我抬起眼睛看他，才想说不用了，他马上开口堵住我的嘴：“不要说不用，反正我要跟你去就对了，不要跟我客气。”然后笑笑对我说了声再见，快速跑上楼。

他完全没有给我拒绝的机会，但没关系，我并没有打算回诊，在家里比较安全，我无法再看到耀然学长第二次。

一进客厅，依依拿着手机正在通话，乐晴在一旁看着，两个人脸上的表情明显看得出是焦虑，看到我进来，依依马上挂掉电话。乐晴冲到我身旁，上下打量我，着急地说：“你怎么出去那么久？天都快黑了，整整六个小时，打你手机都没接！”

我被乐晴紧张的询问吓到，今天发生太多事，我根本没有注意时间。

依依也走过来，“回来就好了，你很少自己出去那么久，我们有点担心而已”。

“和客户讨论工作，没注意时间，对不起！”我说。

我到底是有多脆弱，让她们为了我如此焦虑?

乐晴和依依发现自己似乎有点反应过度，两个人马上急着对我说：“没事啦，是我们瞎操心啦！女人年纪一大，就越来越像妈妈了。”

“对啊对啊，而且我晚上煮了你最喜欢的酸辣面，要叫你赶快回来吃。”

我笑了笑，知道她们的用心良苦。“我好饿。”我对她们说。

于是，我被狠狠地拍打喂食，吃了两大碗酸辣面，外加二十颗水饺，还有一堆水果。吃完饭后，坐在客厅，开始我们的日常对话。

听着明怡说下个月要和敬磊哥去斯里兰卡当义工，再听着依依说要找时间和尚昱哥去环岛，而乐晴说她要跟大勇分手，因为大勇想成为电竞选手。这是乐晴第一百二十一次说要跟大勇分手。

她们都有深爱好久的人，相识都十几年了，和我爱耀然学长一样久，只是她们都有美好的发展，跟我不一样。

不晓得是不是吃太饱的关系，我就这样坐在客厅里打瞌睡，最后完全睡着。我再一次梦到耀然学长，十五年前的他和现在的他不停交错出现，最后变成一个我不认识的他，我吓了一跳惊醒。

看了下时间，已经凌晨一点多，客厅的灯好亮，应该是她们为了我留的。我坐起身，看到明怡睡在另一张沙发上，而乐晴和依依就在地板打地铺，她们是为了我留下的。

我眼眶红了，看着她们。

我从没有给过她们什么，我活在自己的恐惧和习惯里，她们配合着我的生活，从不给我任何压力，温柔安静地陪着我，如果不是她们，我会变成怎么样？

我不知道。

我继续躺下，看着她们，心里好踏实。而再次入睡的我，什么梦都没有做，睡得很深很沉，我想，天花板一直没再发出声响也帮了很大的忙。

再次醒来，天已经亮了，才早上六点半，大家都不见了。

每天都会做早餐给大家吃的乐晴不在厨房里，餐桌上是空的，以为依依和明怡都在房间里睡，但我去看了，她们也都不在。正当我觉得奇怪的时候，明怡回家了。

“醒了？”明怡微笑。

我点了点头：“怎么大家都不见了？”

“都去乐晴店里帮忙了，店里打工的妹妹上班途中出车祸，乐晴赶去医院看她，我和依依先去店里支援。但我早上有晨会，就先回来准备上班。”明怡对我说，还递了两个三明治给我。

“你吃完早餐再去睡一下。”她笑着摸摸我的头，她们一直因为年纪比我大，所以对我像妹妹一样地照顾，但她们忘了我已经是老妹了，三十岁。

“我去帮忙。”我说。

“没关系啦，店里还有依依，而且乐晴晚点就回来了。”

“我想去帮忙。”我说。

明怡笑了笑，点点头：“你自己过去可以吗？还是我陪你过去？”

“天亮了，我可以自己过去。”我也回应明怡一个微笑。

回房间洗脸刷牙，换好衣服后，下楼走到巷口乐晴的早餐店。一到店里，客人好多，依依不停地应付客人点餐，我赶紧走到工作台前帮忙做吐司，装饮料，一度以为全世界的人都来吃早餐了。

依依还得上班，于是她也先离开了。我无法面对客人，点餐的工作就换工读生妹妹接手。我很会做吐司，而且动作很快，于是我和工读生妹妹继续打仗，一直到早上十点半，我才能好好坐在椅子上喝一杯热奶茶。

喝一口热奶茶，心里十分满足，再看看店外头对面公园的绿荫和阳光洒落，十几年前我是多喜欢往外跑的女孩啊！现在只喜欢待在有安全感的地方，享受习惯和稳定带来的安心。但偶尔看到这样的景色，还是令人欣喜。

我微笑地看着，但总觉得哪里怪怪的，一转头，发现纪东炫正坐在里头的位置大口吃着蛋饼。我们四目相对，他对我挥了挥手，和我打招呼。我回过头，不知道怎么回应他。

还好乐晴回来了，大勇也来了。

乐晴一脸疲惫，看到我在店里，走到我身旁，抱着我说："谢谢喔！"

"严重吗？"我问。

乐晴松开手，一脸难过地看着我，"有一点严重，妹妹睡过头，赶着上班，所以闯了红灯被汽车撞到，肋骨断了一根，刚刚才送进普通病房。我让她好好养病，不要担心。"

我点点头，"你也不要担心，我这几天都可以帮忙。"

乐晴摸着我的脸，"你最乖了。对了，孙大勇，记得把车上那些东西拿下来，我先煮个鱼粥，等会你帮我送到医院。”

大勇没有回应，我和乐晴同时转头找着，结果看到大勇坐在纪东炫旁边，两个人沉迷在手机游戏里，聊得好开心。乐晴咬牙切齿：“孙大勇，我刚说的你有没有听到？”

大勇崇拜地看着纪东炫，再看看手机屏幕，眼神里尽是赞叹，我想他应该没有听到。

乐晴失控大喊：“孙大勇！”

大勇才回神，看到火大的乐晴，急忙冲到我们旁边，兴奋地对我们说：“你们知道吗？他超强耶！比我还高好几个等级，那个超难练的。”

乐晴火大了起来，伸出手边打他边说：“不知道！不知道！不知道！你给我滚回去旅行社上班，三天内都不要让我看到你，不要来我家吃饭。”

“好啦好啦！我有听到啦！”不能吃乐晴做的菜，对大勇来说是很大的惩罚，他急忙道歉求饶，两个人再度上演上辈子不知道谁欠谁比较多的戏码。

我笑了笑，店里忙碌的时间告一段落，我得回去赶案子。向乐晴和大勇打了招呼后，我拿着热奶茶准备回家。

才离开店里走不到五步……

“你在这里打工吗？”纪东炫的声音在我身后响起。

我吓了一跳，回过头看他，走在人家背后说话好像是他的兴趣，走路没有声音好像是他的专长。他可能练过轻功？或是哪座寺院的潜修弟子？

但我没打算问他，我继续走，他也在后面自言自语：“我都会来吃早餐，第一次看到你在这里，原来这间店是你朋友开的啊，我也是第一次看到她，这里早餐好好吃，我最喜欢吃起司蛋饼，一次可以吃三份，热奶茶也很好喝。可是生意太好，常常会吃不到。”

我打开大门上楼，他跟着上楼梯：“你的脚好像好多了，什么时候要去复诊啊？还会很痛吗？你……”

我打开家门，对他说了声再见就把门关上。虽然觉得他很怪，但心里是佩服他的毅力的，我想他应该是很寂寞的人，需要说话，也需要有人听他说话。

回到房间，我开始赶工作。楼上又不时发出碰撞声，但我不觉得烦躁，反而觉得蛮热闹的，人真的是容易习惯的动物，所有的不适应，只要时间一长就都能习惯了，或许也是真的懒得再反抗世界。

按下来的几天，乐晴忙着在医院、店里和家里奔波，我能做的就是天一亮到店里接手，偶尔明怡和依依也会来支援。纪东炫每天早上都会来吃早餐，看着我打烊，跟在我后头自言自语地走回家，回到家，我就听着楼上的碰撞声，从下午到晚上持续赶着案子，吃完晚餐再继续。每天都累到在工作桌上睡着。

这几天，是十几年来生活作息最正常的时期，我没有时间熬夜，对于这样早睡早起，也不争气地习惯了。

“你现在马上去回诊，都几天了，你确定你的脚趾没有烂掉吗？”乐晴抢走我手上抹到一半的奶油吐司，用手肘推着我出去。

“没有。”因为不想复诊，我自己很认真擦药，注意医生交代的事项，我试着想把吐司拿回来，但乐晴还是不给。

“有没有烂掉，医生说了算。你现在马上去看医生，我早上没事了，店我来顾就好，这阵子你都快要比我累了。你晚上不准再睡在桌上，脊椎都要变形了，累了就去床上睡，有没有听到？”

我笑了笑，“听到了。”继续帮客人包装奶茶。

“朱立湘！现在马上，Right now！”以为乐晴会就这样放过我，但没有，她虽然累，记忆力还很好。

我一脸无奈地看着她。

“你要自己去，还是我叫孙大勇押你去？”乐晴下了最后通牒。

“我自己去。”我很认真地把杯子放下。

她扬起胜利的笑容，“收据要拿回来，我要检查。”

连最后一个把戏都被她识破。

本来真的打算回家继续工作，假装去复诊过就好，但现在真的得要去一趟才行了。我只好丧气地回家拿钱包和健保卡，刚好听到没关机的电脑里传出收到信的声音，我打开看，一封是那间不放弃挖墙脚的自由设计，一封是吴经理看到我昨天传过去的设计稿，来信说有几个问题想约我见面讨论。

既然如此，就和她约在今天吧，但不可以是上次那间星巴克。

我会怕。

拿了资料和包包，我下楼出门。阳光好大、好晒，但好温暖。我坐上公车，看着车窗外明亮的街景，突然想起耀然学长的脸。我总是会在心情很舒服的时候想起他，接着想起那些过去，自己煞自己风景。

“为什么你来复诊没有跟我说？”

我马上回头，以为纪东炫又坐在我后面。但并没有，公车上除了我，只有博爱座上的另一个老婆婆而已。我竟对纪东炫的声音产生幻听，这段日子，他到底是怎么荼毒我的耳朵的？

他真的是一个奇怪的人，每天都没事做的样子，准时十点半出现在早餐店吃早餐，然后边吃边打电游，跟大勇一样。而大勇现在把他当成神一样崇拜，每天都在乐晴的耳朵旁赞颂纪东炫的战绩，然后再被乐晴揍。他们的生活情趣总是跟一般人不一样。

纪东炫总有很多的话可说，从路边的草说到天上的云。我没理过他，但他的嘴就没有停过，我曾经吐在他身上，他可能想要惩罚我吧！

第一次，脑子里面想到除了耀然学长以外的男生，还想了这么多，差点就坐过站。

下车后，我走进诊所，拿了健保卡挂号后，拿着挂号单，边收包包边走到诊疗室外的椅子旁，准备坐下等着。结果一抬头，纪东炫已经坐在那了，而且还坐得好好的。

我狠狠地被他吓一跳，还揉了揉眼睛，确定不是自己的幻觉。

他对我笑一笑，没有说什么，只是一脸骄傲地看着我，好似在说我逃不出他的手掌心一样。我坐到离他最远的位置，包包里的手机传来振动，我接了起来，是乐晴打来的。

“你到了吗？有看到纪东炫吗？他刚跟在你后头，说要陪你去。”乐晴说着。

“看到了。”其实是吓到了。

“那就好，结束后早点回家，晚上吃姜母鸭补一补。”

“好。”

电话要挂掉时，乐晴又加了一句，“约一下纪东炫，看在他还蛮照顾你的分儿上。”

他哪里照顾我了？

“朱立湘小姐。”听见护士小姐的叫唤，我赶紧收好手机，走进诊疗室。

医生拆开包扎，看着我的伤口，很满意地点了点头：“趾甲长出来了，看起来恢复状况还不错，有在用心照顾喔！”

“谢谢。”我缓缓说。

句点王又让气氛变得沉默。医生清了清喉咙，“反正人生就跟趾甲一样，拔掉都可以再重来。”

护士小姐尴尬地看了我一眼，原来我不是句点王，医生才是。

看诊完，我走出诊疗室，到柜台结账和拿药。纪东炫就这样跟着我：“医生怎么说？需要再来看吗？”

“不用。”我说。

他也没有再多说什么，走在我后头，有一搭没一搭地说着。走了二十分钟，到了我和吴经理约定好的小咖啡店，我转头面向他，还没开口，纪东炫已经抢先一步，“我知道你有约。”

这次很识相。

我走进咖啡馆，吴经理坐在最里面的位置，看到我进来，起身对我摇了摇手，我也给了她一个微笑。

结果我一坐下，就看到纪东炫坐在我的隔壁桌。我惊讶地看着他，他看了我一眼，什么表情也没有，自顾自地拿起手机就滑起来。

“怎么啦？”吴经理问我。

“没什么。”我把注意力拉回来，没时间花在纪东炫身上。

接下来的时间，我和吴经理讨论着商品制作上的一些问题，偶尔会瞄一下隔壁桌的纪东炫。他依然专心地看着手机，耳机也戴着，眼睛好像要射出激光。

“那就这样吧！辛苦你了，让你改那么多次。”吴经理看着我说。

我相信接下来还会改上好几次，设计师听腻的谎言就是，“再改最后一次试试看”。

“那今天就先这样。”我说。

“好，那我先回公司，后天要带小孩出国，这两天忙死了。”吴经理笑着说，但眼神满是幸福，忙碌看起来是一种甘愿，让我很羡慕。

我也起身，“好，谢谢你。”

我整理好桌上的东西，和吴经理一起走到门口，道再见后，她先离开了。我转身，纪东炫依然站在我身后。他如果没有工作，我真的建议他可以去应征保镖。

“你都没事做吗？”我忍不住问了连奥巴马都想知道的问题。

他一脸理所当然地说：“没有啊。”

我被他的回答吓到，然后深呼吸了一口气，“没事做，也不需要跟着我。”

“我只是顺路。”他说。

好吧，我们两个人的对话无法调到同一频率，那就别再说了。我回过头，伸出手要感应自动门时，自动门已经开了。我习惯性地往后退一步，纪东炫就紧贴在我后面。

而我面前离我三步距离的竟是耀然学长。

他原本和后头跟着的朋友聊得正开心，转过头一看到我，他愣住了，我看到他也愣住了。

越想要逃开，却越是逃不开。不一样的咖啡店、不一样的日子、不一样的心情、不一样的结果，上次避掉了，这次正面迎上。

从脚底板上传来的凉意，让我全身开始发抖，想逃离现场。

我没有经历过重逢，我不晓得这竟会如此沉重。电视剧里演出的情绪激动是有的，但心里有的更多的是不安，发生那件事之后，学长要用什么方式面对我？

当你知道一个人受过伤，你在面对他的同时，也在面对他的伤口。没有人喜欢处理别人的伤痕，该关心或不关心也是压力的一种，所以十几年来，我不让自己有遇到他的机会，我不想要学长看到我就有压力。

可是，老天爷现在不知道在惩罚谁。

短短的三十秒，同时有三千种想法从我脑中蹿过，耀然学长会假装不认识我吗？他会想见到我吗？过去的十几年，他有没有曾经想过我？有没有想过会再遇见我？

“立湘……”我没想到耀然学长会这样喊了我的名字。

我的眼泪突然掉了出来。因为好想念，因为好好听，因为好喜欢。他一直在我心里，始终没有离去，我只是不停地用时间和各种理由来掩盖，始终徒劳无功。

原来一直喜欢，就会一直忘不掉。

但只有喜欢是不够的，要能继续喜欢下去，需要资格。

我没有资格。

“你认错人了。”我伸手擦掉眼泪，拔腿就跑。我不是软弱，我是认清事实。

我用尽全力跑着，跑到喘不过气来，跑到天昏地暗，跑到脚趾传来刺痛。我不知道能跑到哪里去，我只知道我得用力跑，才能逃离这个尴尬的情况，可以不用面对这一切。

跑到腿软，我整个人狠狠地在人行道上摔倒，手掌好痛、膝盖好痛，全身都好痛。我站起身想要再继续跑，却突然有人拉住我。

我用力疯狂地挣脱，害怕下一秒会出现耀然学长的声音。

“你干吗啊？”幸好是纪东炫。

我又慌乱又紧张地看着他，看着在一旁对我指指点点的路人，再看着周遭的这一切，当我发现没有看到耀然学长时，松了好大一口气。顿时我全身虚脱瘫软，纪东炫及时扶住了我，惊吓盖过了身体触碰的恶心感，我像漂在海上找到浮木一样，他没让我沉下去。

纪东炫一把抱起我，走到一旁公车站的座椅上。我不知道他在对我说什么，脑子里现在浮现的，只有刚刚和耀然学长重逢的冲击。我眼神空洞地流下眼泪，想起耀然学长刚刚看着我的眼神，和事发那天他看着我的眼神……

一模一样。

那天是学校校庆，我下定决心等所有活动结束后，要向耀然学长告白。暗恋了他将近三年，起初我只要能看着他就好，后来更贪心地想拥有他，我想和学长手牵手谈恋爱。

但我还来不及告白，就被人推进垃圾回收场旁的废弃教室，我从傍晚喊到深夜，没有人来救我。

我看着时间越来越晚，我也越来越恐慌，不由自主哭了起来。我疯狂地拍打着窗户，玻璃被我打破，手流了很多血，但没关系，总有一线希望。可是看到碎玻璃外的铁窗，希望变成绝望。

教室的灯坏了，我在完全黑暗的环境里哭喊，谁来救我？

不知道喊了多久，回应我的仍是安静的一切，我喊累了哭累了，蜷缩在墙壁旁睡着了。后来，一阵窸窣声吵醒了我，下一秒我听到了开门的声音。我小心翼翼喊着：“智维？”我以为是我高中死党之一的智维。

但不是他，因为我喊完之后，那个人朝我的方向扑来，他先是抓住了我，我疯狂地抵抗，他更用力钳制我的双手，开始扯着我身上的衣服。我没有这么害怕过，不管我如何抵抗，那个人都不肯放过我。

好几次试着跑掉，却被抓回来，最后一次的挣扎，黑暗里我不知道撞到了什么，头很晕很痛，我没有力气再反抗，全身是伤的我，虚弱地昏了过去。

再次醒来，已经天亮了。

当我睁开双眼，看到耀然学长就坐在我身旁。我惊讶地看着他，他看着我，眼神里有好多话要说，但他一个字都没有说。我缓缓坐起身，身上的衣服渐渐滑落，耀然学长紧张地拉住盖在我身上的衣服。

我疑惑着他的举动，往自己身上看去，发现自己全身赤裸，身上只有耀然学长的外套，身旁散落着扯坏的衣服。昨天晚上昏过去之前的回忆，在我脑海里重演了一次，最后发生什么事，我不知道，但现在我知道了。

“立湘……”耀然学长喊了我的名字。

我开始崩溃大哭，为什么发现我的是耀然学长？为什么是他！为什么会是我最喜欢的人看到我最悲惨的模样，我不能接受，我完全不能接受，我不能接受他看着我的眼神里面有同情。

“不要看我！拜托！”我哭着说。

“立湘，你不要这样。”耀然学长试着安慰我，伸手想安抚我。

“不要碰我！不要看我！”我哭着大声喝止，学长愣了一下，收回他的手。

脚步声快速地传来，从门口走进来的是哥哥，还有好友莹莹。

“天啊，立湘！”莹莹一脸不可思议地看着我，快步走到我身旁紧紧抱住我，“不要哭，不要哭，我们在这里，我们来救你了。”她的安慰，让我泣不成声。

莹莹也知道我要对学长告白，现在却变成这样。

哥哥一脸严肃又心疼，一句话都没有说，立刻脱下身上的衣服，覆在耀然学长的外套上，紧紧地包住我，然后一把将我抱了起来，轻声在我耳旁说:“我带你回家。”这一句话让我在他怀里痛哭。

走出门口时，哥哥回头对耀然学长说了一句谢谢。

我很想再看耀然学长一眼，但我不敢，我只能躲在哥的怀里哭着，而这是我最后一次见到耀然学长。

因为，后来我生病了。

我不吃不喝，天一黑就浑身发抖，任何黑暗的空间都能让我失控。妈妈看到我就哭，爸爸看到我就一脸无奈，哥哥总是在跟我说话，却从未得到我的回应，学校也从请长假变成休学。

每个医生说的病情都不一样，但每一位都说要长期观察，要注意情绪不能起伏太大。我觉得医生好没有创意，治疗不好就说要长期治疗，医生开了很多药给我吃，吃了我才有办法睡觉。

后来家里的气氛太过沉重，妈妈希望我得到更好的治疗，于是把我送到台北阿姨家，希望我换个环境会好一点。这样似乎有点用，当我忙着害怕面对新环境时，过去的伤痛，也就会忙得来不及想起。

我开始重新回到学校，爸爸花了大笔钱把我送进私立学校，我从不留到第八节，每天第七节准时下课，阿姨会直接在教室门口接我。假日要接受心理治疗，所以从不参加同学聚会，因为这样，我在后来的学校没有朋友，而我也不需要朋友。

有一次，不小心听到阿姨在电话里跟妈妈抱怨没有自己的时间，每天都要这样照顾我很累，于是上大学后，我决定自己搬出来住。爸妈很用心地帮我找了一间高级住宅，每个月费用是五万块，保全森严、环境良好。

搬家那天，妈妈出了车祸，爸爸和哥哥去了医院，所以我自己搬家。没想到房东因为投资股票赔了很多钱，把房子贱售跑了，新房东不认租屋合约，于是我再次提着行李离开，不知道要上哪去。

那时天快黑了，我的呼吸也越来越急促，我在附近彷徨时，遇到了明怡和依依，她们二话不说把我捡了回去。

这十几年来，我偶尔会想起耀然学长，那个我深深喜欢过的人，那个看到我最狼狈时刻的人，却从来没有想过会再遇到他。

但，我遇到了。

却再一次狼狈地遇到了。

☆ 老天爷很爱开玩笑，但他没有幽默感，他的玩笑，总是很不好笑。

第四章

所谓的面对，
就是让现实狠狠打你一巴掌

眼泪好像流不完一样。

就跟苦痛一样，没有尽头。我厌倦自己一直不停地悲伤，不停地处在这样的情绪里，真的很烦，真的很累，我不是故意要让自己活得这么可怜，我很努力，真的，我好努力。

却总是功亏一篑。

我试着融入这个世界，但世界总是抛弃我。我不能发火也不能生气，哥哥说比我惨的人多的是，这我都知道。而我也羡慕那些拥有正常生活的人，为什么我不是他们其中的一个?

可以好好地爱一个人，也可以好好地被爱。

眼泪在我的脸上干了，风吹在脸上，皮肤有点紧绷，我的鼻子整个被鼻涕塞住，只能用嘴巴呼吸，接着，连喉咙都干了。刺痛感让我忍不住吞了口口水，我才回到现实世界。

回过神，我看到纪东炫就蹲在我面前，满脸胡须。我无法看清楚他的表情，但我觉得很安心，因为看不清楚，所以我不用解读他的表情。

他没有说话，就这样看着我。我们相视了很久，可是我的脑子是空的，这样看着一个男人发呆，不是会发生在我身上的事。

他突然站起身，然后马上跌倒在我面前。我吓了一跳，心里想去扶他，身体却无法反应，他摔在地上，发出嘶嘶声，“啊嘶……我的妈啊！我的脚好麻。”然后用手猛揉着自己的腿。

看他跌在地上，我对他感到有点愧疚。是我害他的，如果他没有跟着我，就可以不用管我，就可以不用蹲在我面前这么久，脚还血液循环不良。

我努力地要自己起身去扶他，只是没想到维持同一动作太长时间，我艰难地起身，也在瞬间腿软地跌倒了，还狠狠跌在他身上。纪东炫哀号一声，我用力地把自己移开。

“你看起来很瘦，但其实很重耶。”他抚着自己的腰，一脸痛苦地说。

我坐在他旁边，看着他痛苦的样子，也只能对他说：“对不起。”

他勉强站起身，也把坐在一旁的我扶起来，帮我拍拍身上的灰尘。我急忙闪躲，“我可以自己来。”我说，伸手拍着牛仔裤上的印子。

纪东炫就这样站在旁边等我拍完。我抬起头和他对到眼的时候，他对我说：“那换你帮我拍。”一副随便你对待的模样，看起来跟陈伯伯的孙子大宝年纪差不多。

但他不可爱，我忍不住苦笑了一下。

我讶异自己居然能笑，在看到耀然学长，狼狈逃走后，在哭到没声音后，我还是能笑。谁说我没有进步，我真的进步了好多。

纪东炫见我没有动静，自讨没趣地自己拍拍裤子，接着问我：“要回家了吗？已经晚了。”

晚了？

我这才注意到，我被黑压压的夜色包围，脚底袭来一股凉意，全身毛孔顿时张开，灰色空气大量攻击我的全身，我开始不停地打着冷战。

纪东炫发现我又开始不对劲，走到我面前，在我耳朵旁大喊：“恶灵退散！”接着骂了一堆超脏的脏话：“哔哔哔哔哔，你有种就附身到我身上，欺负一个女人，算什么英雄好汉？”

接着他滑开手机，开始播放佛经歌曲，再用食指狠狠戳了我的额头一下，我痛到抚着额头，什么凉意都不见了，有点生气地对他说：“你在干吗？”

“你中邪了啊！”他说。

“我哪有。”我说，他简直莫名其妙。

“没有吗？突然暴冲、突然大哭、突然忧郁，然后刚刚跌倒，脸擦伤、手擦伤，我猜你脚趾也应该又流血了，但你好像都不会痛耶，你好像都没有感觉耶，我如果骑脚踏车碾过你的脚，你是不是都不会有反应？”他分析得头头是道，让我觉得自己好像中邪了。

他见我没有回应，继续认真地说：“还是……你不是中邪了，其实你是乩童？附在你身上的不是鬼，是神？”

我被他天马行空的想法逗笑了，真真切切地笑了，想着他的描述，突然觉得中邪了还蛮好的，把我的所有状况合理化了，我好开心，因为我不是有病，我只是中邪了，我一直笑着，然后大笑出声。

纪东炫的脸越来越严肃，嘴巴闭得好紧。原来我笑才能让他好好闭嘴，看到他困窘的模样，我忍不住笑得更大声。他好像见到鬼一样，退后了几步，拿起手机。

“喂，警察局吗？”他说。

我吓了一跳，跑去他旁边，把手机抢了过来，急着要按掉通话键，却发现上面拨的号码是一一七，还传出“哔，下面音响七点三十九分十秒”的语音。我生气地看着他，换他笑得好开心。

然后，我也笑了。

谢谢他，在今天把我逗笑了。不然我不知道今天该怎么过。

笑完之后，我走到椅子旁准备拿我的包包时，脚趾的刺痛让我皱了眉头，倒吸一口冷气。纪东炫直接走到长椅旁拿了我的东西，对我说：“我就不相信你不痛，坏东西走了吗？”

我笑了笑，伸手想接过自己的物品。

但纪东炫摇了摇头，把我的包包和绘图筒挂到自己身上，转过身背对着我，“上来。”

“我不要。”我说。

“上来。”

“我可以自己走。”我说。

“上来。”他蹲了下去。

我没有理他，拖着刺痛的脚趾往前走。他快步走到我前面又蹲下，我越过他，他又快步走到我前面蹲下，就这样重复了五次以上，次数多到我算不清楚。

“上来。”他的语气跟一开始一样，完全没有不耐烦。

“我可能会再像上次那样吐在你身上。”我说。

“上来。”他好像没有别的话好说。

我瞪着他的背多久，他就蹲在我前面多久。我叹了一口气，认输地爬上他的背，恐吓他：“你不怕我再吐在你身上？”

“洗一洗就香了。”他乐观地说。

他就这样背着我，什么都没有问。他虽然很爱说话，却会在关键时刻让我安静。他的体温传到我的身上，这样的碰触通常我早该吐了，这时竟然一点都不想吐，还觉得在微风吹拂下有些温暖。

“你真的很坚持。”我说。

“没办法，要赢坚持的人，我就得更坚持。”他话中有话，我在他背上笑了笑。

他把我背到最近的药局，药剂师很善良地帮我擦了药，每擦一个伤口，纪东炫的眉头就更紧一点，全都擦好之后，纪东炫感到很不可思议地问我："你真的都不痛吗？"

"痛啊。"我说。

"那你也叫一下啊。"他说。

"忍一下就过了，为什么要叫？"

"因为爽。"他马上回答我。

我看了他一眼，他开始用他的纪式风格解释着："痛就是要叫出来才爽啊！痛已经很可怜了，干吗还要忍耐让自己更可怜。"

歪理。

他要帮我结账时，我急着想从挂在他身上的包包拿出钱，但他动作很快地付完了费用，又走到我前面蹲下，"上来。"

"我先拿钱给你。"我说。

"不用，才几百块。"

"不行，你没有工作，我不能占你便宜。"

"下次给。你快上来，我脚快麻了，不要说你要自己走，刚才那个阿姨都说你脚指头在发炎了。是不是啊？漂亮的阿姨？"他边说还边问药房柜台的阿姨。

阿姨笑着点了点头，"对啦，小姐，阿姨跟你说，有人要背的时候，就尽量让他背啦！不然等到我这个年纪，每天想要给人背，都没有人要背我耶。”

阿姨说完还对我眨了眨眼，示意我快点过去。

我只好趴上了他的背。纪东炫要离开之前，还好好赞美了阿姨一番，两人有说有笑，搞得好像认识好久一样。他真的蛮随便，不，说好听一点，是随和。

他背着我走到药店外，准备拦计程车回家。等待时，我终于忍不住问他：“你到底为什么要这样跟着我？”

“没事做啊。”又来了。

“我说真的。”

“我也跟你说真的啊。”他说。

鬼才相信，我开始挣脱着要下来，纪东炫怕我摔跤，急忙说：“好啦，好啦！是我好奇啦！”

我停止挣扎：“好奇什么？”

“好奇你是在怕什么啊！每次看到你，都觉得你是不是欠了谁高利贷，怕人家追债，所以耳朵和身体都好像雷达一样，怕人家碰你，怕人家跟你说话，怕人家和你太靠近，不知道是在怕什么！”

“所以你到底是欠了多少债务？”他转过头看着我说。

我愣住了，不知道该怎么回答。

幸好，很快就有计程车来了，他把我放上车后座，坐到前座，向司机报了家里地址。一路上他就没再说什么，戴上耳机玩手机游戏，而我则是想着他说过的每一句话，都是对的。

从来没有人对我说过这些，他们只是默默忍受我怪异的行径，却不会对我说我这样到底有多奇怪。

我想，我们都需要一个会说真话的朋友，才能随时随地知道自己有没有偏离轨道。我看着纪东炫的后脑勺，不确定他是不是已经成为我的朋友，因为这十几年来，我从未交过朋友。

而乐晴她们，是家人。

到了家门口，纪东炫坚持背我上去。和他交战过，我知道自己胜算不大，很认真地上了他的背，让他背我上楼，到了家门口时，他轻轻放我下来，把包包和绘图筒挂到我身上后，他从脖子上拿下一条平安符，直接挂在我脖子上。

“这是我奶奶给我的，说可以辟邪，希望你不会再中邪了。”他一脸骄傲的神色，好像他能长这么大，靠的就是这个平安符一样。

我本来想拿下来，但他太过真挚，我不好意思让他失望，于是我不再拒绝，平安符就这样挂在我的脖子上，他很满意地看着我点了点头。

我从包包里拿钥匙准备开门时，门突然被打开了。哥哥、乐晴、依依、明怡、尚昱哥和大勇排成一列正要冲出来，伴着乐晴的声音："季阳，我们楼上那位纪先生跟立湘一起，所以你不要太担心，我们去找……"

我被他们吓了一跳，他们看我在门口也吓了一跳，乐晴的话也停住了。

一群人愣住了差不多五秒后，哥哥生气地对我大吼："朱立湘！你在搞什么鬼？为什么不接手机？你知道大家都在找你吗？你可不可以不要这么自私？你可不可以多考虑一下别人？"

我第一次看到哥哥这么生气，眼神对我这么失望，我觉得非常难过。

"季阳，好了啦！回来就好了，而且现在也才九点半，其实也不是很晚。"依依对着哥哥说。

"立湘，你的脸怎么了？"明怡走到我面前，看着我脸上的擦伤问着。

站我身后的纪东炫开口帮我解释：“她看完医生，再和客户谈完后，已经五点多了，我们要去公车站的半路上，有一只疯狗冲出来要咬我们，我们在逃难的时候，不小心跌倒了，然后你们也知道，她耳朵很硬，要她去擦药，要拜托个十八次才肯去，等我们再坐车回来就这个时间了。她被吓到了，所以忘了打电话回来说一声。”

我转头看着纪东炫，他得意地对我眨了眨眼。

“天啊！什么狗这么凶，立湘，你有没有怎样？”乐晴也走到我面前，担心地看着。

“我没事，不好意思，让你们担心了。”

“没事就好，立湘，谁叫你平常太乖了。你原本门禁是六点，现在突然晚回来，吓到大家了。”尚昱哥打着圆场。

“好了，好了，都进来了，在门口干吗？姜母鸭等我们很久了，走吧！赶快进来吃。”乐晴牵着我准备进门，又突然转头对着纪东炫说，“你也一起来吧！谢谢你陪我们立湘。”

“对啊对啊！再多跟我说一些五路秘诀啊。”大勇热切地邀约纪东炫，应该说是紧拉着不放他走。

“孙大勇，你是有多想死？”乐晴吼了大勇一声，他闭上嘴，默默走了进去。

“进来吧。”我说，纪东炫点了点头。

接着我要走进门时，大家全都一脸不可思议地看着我。我知道说这句话很不像我，但我真的很感谢纪东炫，尤其是今天。

我看着哥哥，他对我仍然有点生气，我知道这一阵子让他担心太多。

哥哥别过头，走了进去，乐晴扶着跛脚的我，“原本都好多了，这下又变得更严重。你这几天都好好给我待在家，不准出去。”

我微笑着点头答应。

餐桌上，哥哥生着闷气不说话，东西也吃得很少。坐在他旁边的纪东炫好像几年没吃过东西，很认真地吃着。

“纪东炫？”乐晴突然叫他。

他抬起头看向乐晴：“嗯？”

“你手机号码是多少？”乐晴问。

纪东炫快速地把号码念过一次，然后继续吃饭。乐晴和大勇立刻拿起手机输入电话号码。乐晴输入完毕，伸手拍了大勇后脑勺一下，“你对电游的热情可以用在别的地方吗？”

大勇无辜地对着乐晴说：“有啊，你身上。”

“孙大勇，你好不适合说这句话，我不舒服。”依依抱怨了大勇，我忍不住笑出来。

纪东炫突然夹了鸭脚到我碗里，“吃脚补脚。”

“我不敢吃。”然后把鸭脚夹给尚昱哥，这是他的最爱。

“那吃翅补手。”他又夹到我碗里。

“我不喜欢。”我哥最爱吃翅膀，我把鸭翅夹过去给他，然后抬起头告诉纪东炫，“不要夹鸭头给我。”现在知道他的逻辑，我想，接下来他会说什么吃脸补脸。

“You know me.”纪东炫笑着说。

我没理他，但大家对我们的互动感到新鲜又好奇，他们心里现在一定很崇拜纪东炫能这么快就跟我混熟，而且还是好熟。

“纪先生，你是什么时候搬到楼上的？”依依先发问。

“叫我阿炫就可以了，半个月前吧！”

“你跟立湘一样，也是在家工作吗？”乐晴接着问。

“不是，我现在没工作。”他骄傲地说着。任何一种在社会里不被多数人认同的行为，他说起来都好理所当然。

“只有你一个人住吗？”明怡也加入战局。

“对。”

“塔要怎么打，可以更快？”大勇也发问，差点被乐晴叫去客厅罚跪。

哥哥转头打量纪东炫，面无表情，然后再看了我一眼，没有食欲似的放下筷子，“你们吃吧！我明天早上有重要的庭审，要回去整理资料。”然后起身拿了外套。

“还是帮你打包一点，还有面线，可以带去公司吃。”乐晴热心地说。

“谢谢，还是不用麻烦了。”接着拿了公事包准备离开。

我想要去送他，但还没来得及起身，哥哥一转头就对我说：“你坐下。”五秒后消失在门口，我看着他的背影，觉得很失落也很抱歉。

坐在我旁边的依依握了握我的手，她知道我在想什么。我给她一个微笑，谢谢她的打气。这顿饭吃了很久，大家和纪东炫聊得很开心，他总是随时能和别人打成一片。

这时，也才知道他和家人不怎么联络，因为不亲近。时间久了，他也习惯自己过生活。这个世界，不是每个家庭都幸福美满的。他很乐观地说："我喜欢自己现在的生活就够啦！"然后吃掉半锅姜母鸭。

我想，我有一点点崇拜他。

等到送走他时，已经晚上十一点半了。

我缓慢移动，回到房间，灯已经是亮着的。依依站在门口对我说："你哥开的，说这样你回来才不会害怕。"我回过头看着依依，她继续说："不要怪季阳，他太爱你了，才会这么生气。"

"我知道。"我说。

依依走进来摸了摸我的头，"可是立湘，我好喜欢你今天的样子，看到你和纪东炫斗嘴，陪着大家一起笑，我第一次这么深刻感觉你在我们的世界，而不是一直活在你自己的世界。"

我以为我的世界里有她们，没想到，其实她们根本没有进来过。

"对不起，也让你们担心了。"我说。

"我们之间最不需要说的就是对不起，你到底对不起我们什么了？身为你的朋友、姐姐，我们本来就愿意无条件陪着你。就像我难过时，你也随时陪着我一样，你觉得我需要对你道歉吗？"

我摇了摇头。

依依笑着继续说："心甘情愿的付出，要的从来都不是感谢或是道歉，而是对方开心。我们在乎的，都只是你快不快乐而已。"

我感动地点了点头。

"有事要说，大事小事都没关系，我们能帮得上忙当然最好，但如果不行，至少知道你的状况，我们会安心得多。"依依看着我，我知道她很想帮我，也很想知道到底发生了什么事。

但过去的事，我说不出口，可是未来的事，我会努力。

"我知道，谢谢你。"我说。

依依微笑，揉了揉我的头发，"好好休息。"接着转身离开。

我坐在床上，拿出那两张照片看着，脑海里好像什么都想了，却也好像什么都没有想。我的心情意外地平静，或许我是被纪东炫说服了，我没有病，我只是中邪了。

中了简耀然学长的邪。

就这样看着这两张照片，发呆了一整晚。

再次醒来时，已经天亮了，天花板上的灯也关上了。我抬起头看着墙上的时钟，已是早上十点半。我坐起身，看着工作桌上放了早餐，我想是乐晴进来过。

我到浴室刷牙洗脸后，把那份早餐全部吃掉，稍微整理一下工作进度，再删掉自由设计的网罗信。不知道从什么时候开始，这也变成日常工作之一。想起了纪东炫说的，“要赢过坚持的人，就是要比对方更坚持”。

我和这封信的对决，到底谁会赢？

整理好，我从皮包里拿了哥哥的名片，看着他事务所的地址，用手机查询了一下要怎么搭公车，我就换了衣服出门。

虽然昨晚发呆，但我仍然好好思考了正事，我决定去向哥哥道歉，不能再这样下去了。道歉没有什么难的，我摸着挂在脖子上的平安符，有这个后我就不会中邪了。

拿了包包打开门走下楼时，纪东炫刚好要上楼。

“乐晴不是说你都不能出去吗？”他脸上写了“你不乖”三个字。

“去找我哥。”我说。

他想了一下，点点头，然后对我说：“手机拿来。”

我好奇地把手机递给他，他迅速储存好他的号码，再把手机还给我，“注意安全，太晚我可以去接你。”

“谢谢。”我说。

但老实说，在他输入号码时，我满脑子想着的，都是如果他说要跟我去，我要怎么拒绝，但他今天居然没有想跟，我好意外。

“不客气。”他对我笑了笑，就踩着楼梯，哼着我没听过的歌往楼上去。

他每天都心情很好的样子。

我也想像他一样，于是学他踩着轻快的脚步出门。但没有办法，今天的脚趾虽然没有昨天痛了，行动仍然无法很快，只好慢慢走，先走到巷口的早餐店告诉乐晴一声。她惊讶又担心地说要陪我去。

我拒绝了，向她保证手机有电，而且没有转静音，两个小时会回报一次行程，她才放我离开。

转了几次车，我来到哥哥事务所的门口，深呼吸了几次，才有力气走进去。接待人员好奇地看着我，走到我面前问：“小姐，请问有什么事吗？”

“我想找朱季阳。”我说。

“有预约吗？如果没有事先约好，就没有办法喔，他正在忙。”

接待人员说着。

“没关系，我等他。”

接待人员表情有点为难：“恐怕不方便，还是小姐你方便给我大名，我进去问一下朱律师……”

“立湘！”哥哥的声音从后头传来，我回过头去看他。他一脸惊讶，世界级的那种惊讶，快步朝我走来：“你怎么来了，发生什么事了吗？”他好像怕我出大事的样子。

“没有，只是有话想跟你说。”我看着哥哥，不自然地说出口。

哥哥把我带到他办公室。我环顾四周，几乎要被书和资料占满。办公桌上有吃了一半的泡面，还有咬了两口的三明治，一旁还有毛毯枕头睡袋，哥哥开业四年了，我从没有来过，没想到他这么辛苦。

我有点心疼地把手上的水煮玉米和咖啡递给他，“不要吃那么多垃圾食物。”

哥哥再一次惊讶地看着我。我这个妹妹真的好失败，买个东西给他吃，居然吓到他了。他难以置信地接了过去，看着袋内食物，抬起头开心地说：“是玉米！”

我点了点头。小时候，妈妈都会在我们放学时做水煮玉米给我们当点心，我们常为了抢玉米吵架。其实我并不特别喜欢，只是想跟哥哥抢。看他生气，会让我很开心。

不管在哪一家，兄妹的争吵本来就都很无聊。

“哥，对不起。”我突然很快地说。

哥哥愣了一下，不在意地表示，“我不记得有发生什么。”

我笑了笑，谢谢他的大量。

“你自己过来的？”哥哥问。

“嗯，搭公车。”

哥哥很满意地点头微笑，“有空可以常来，我们事务所附近有很多好吃的，我再带你去吃。”

“好。”我毫不犹豫地答应，接下来，我真的会很常出来走走。

哥哥被我的回答又吓到一次，我问他：“需要带你去压惊吗？”

“你现在是在说笑话吗？”他吓得非常不轻。

我笑了笑：“对，不好笑吗？”

哥哥笑着摸摸我的脸，“很好笑，超好笑，笑死我了。”我想真的很好笑，因为两个人就这样莫名其妙地笑了十分钟。

能这样和哥哥一起笑着，真好。

“走吧！我带你去吃点东西，再送你回去。”哥哥拉着我，准备出门。

“我想回家。”我朝哥哥的背影说。

哥哥回过头看我，我知道他一定觉得我今天很奇怪，他一定觉得我今天这样才是中邪了。平常要我回家一趟就要死要活，三请四请，我屁股连移都不会移动零点一毫米，过年过节全家吃饭，不是在新竹找餐厅，就是他们来台北找我，我对那个充满过去回忆的家有阴影。

我并不是马上就能够这么勇敢面对了，而是抱着一种能面对多少算多少的心态。一次面对不了，那就十次吧！就像纪东炫那样，一次没烦到我，十次就成功地烦死我，想到他，我忍不住往门口看去，总觉得他会站在那里。

但还好没有，因为这样发展下去就是鬼故事了。

“你确定要回家？”哥哥再一次跟我确认。

我用力点了点头。

他看着我，迟疑了很久后才说：“嗯，那走吧！”

上车后，我看着窗外风景，哥哥突然问我：“你跟那个纪东炫很熟？”

“没有……”大概吧？我自己也蛮疑惑的。我不知道怎么定义熟不熟，但我知道的是，他对我不再只是陌生人就是了。

哥哥若有所思地看了我一眼，没有继续追问，开始很专心地开车。

不知道是不是害怕我会临时反悔，他开得非常快，不到五十分钟，我们就在家门口了。他快速停好车，然后转过头看我，生怕我会对他说：“走吧，我们还是回台北好了。”

我看着哥哥，他头上多了几根白头发。我当然不会矫情地说他都是因为烦恼我才这样，他烦恼的事情可多了，工作、员工、爸妈，喔，还有追不到明怡，不过里头至少会有一根是因为我。

现在开始当个好妹妹，还不晚吧！

我什么都没说，伸手打开车门下车，缓缓走到家门口，想到耀然学长都会站在这里大喊着哥哥的名字，两人再一起去漫画店，或是在这里和我相遇，习惯性地摸着我的头，和我打招呼。

回忆快速飞过，我深呼吸了一口气，让它也快速地走过。

我打开铁门，走了进去，家里的味道马上充满我的鼻间，好安心，也好伤心。哥哥跟在我身后，生怕我有什么闪失，回来自己家搞得跟妈祖出巡一样。

看着熟悉的客厅，最爱的餐桌，这里有好多太美的回忆，我跟妈妈的、我跟爸爸的、我跟哥哥的、我跟大家的，我却因为害怕想那段过去，而选择全都忘记。我这邪中得有点久。

“立湘？”妈妈有点颤抖的声音从某处传来。

我回过神，转过头去，她正从房间走出来。看见我站在这里，十分难以置信，三秒后流下了泪水。

哥哥紧张地过去安抚妈妈，而安慰人完全不行的我，只能呆站在原地，什么都做不了。

“妈，你干吗啊？”

妈妈没有理哥哥，走到我面前，激动地拉着我的手，眼泪猛掉，一句话也说不了。我看她如此难过，心里只有一个想法，那就是我真的很糟糕。

爸爸听到声音，也从房间走出来，看到我在家，也跟看到鬼一样。

“妈，我想吃炖牛肉。”我说。

妈妈猛点头，结结巴巴又哽咽地说：“好，妈马上去做，晚上就留在家吃饭，我我我去买菜。啊，不用不用家里还有菜……”

“妈，我可以帮你。”我说。

“不用，你去坐着，妈马上去做，你等等我。”然后妈妈马上冲进厨房，我开始听到锅碗瓢盆的各种声音。

我还是走进厨房帮妈妈，然后听到爸爸不停地问哥哥：“那是立湘吗？”

对，是我，朱立湘，我在心里说着。

不过我没多久就被妈妈赶出来了，因为脚受伤，我移动太过缓慢，在厨房很挡路，“你以后看到狗就不要跑，你越跑狗就越追你，真的是傻傻的。”妈妈念着我。

哥哥把纪东炫的那套说法搬来说给爸妈听，他们也相信了。爸爸还一直问我狗在哪里，他要去跟饲主理论，为什么有攻击性的狗还不绑好？我整个人哭笑不得。

难得一次在家吃饭，我们聊了很多，应该是说爸妈说了很多，我听了很多，气氛很好，大家都很开心。原来只要我回家，就可以大家都开心，这么简单的事，为什么我现在才做？

整整吃了两碗饭，妈妈做饭的实力被岁月训练得更加进步，我吃到胃几乎快炸开才拒绝妈妈的喂食。饭后，妈妈切了我最爱的杧果，我吃得很开心，爸妈就这样看着我吃杧果，也笑得很开心。

“立湘，晚上要不要留在家里睡？”妈妈小心翼翼地问。

我很抱歉辜负妈妈的期待，这一大步，我还需要一点时间。房间里的回忆更多，我今天没有力气再承受。

“没关系，下次再回来睡。”妈妈虽然觉得可惜，但并无损她今天的好心情。

“好。”我说。

爸爸欣慰地点了点头。

“时间差不多了，别让立湘太晚回去。”哥哥提醒着大家，他总是这么贴心。

于是我在爸妈惋惜的眼神下，准备踏出家门。

“爸妈，你们就别出来了，我会常回来的。”我可不想回个台北好像要出国十年一样，需要十八相送，而我相信妈妈一定会这样，我不想要再让她哭。

妈妈还想再坚持，被哥哥制止，“妈，立湘只是回自己家，不用这样送来送去的。改天我再带她回来。”

“好啦，那你开车小心点。”妈妈妥协，把她手上那几袋东西递给我，“立湘，这些带回去吃，不够的话，随时打电话给妈，我再帮你做。”

我接了过来，“谢谢妈。”

妈妈欣慰地看着我，我告诉自己，以后定要常回来。

哥哥走在我前面，出了家门后，他转过头对着我说：“天黑了。”

我点点头：“对啊！”我已经没有那么害怕了，哥哥笑了笑，我也笑了笑，一起走到车旁边。

“下次可以一起去看电影了。”哥哥提议着。

“明年试试看？”我说。

哥哥大笑，笑点好低，准备上车的时候，有人喊了哥哥的名字，我们两个同时回头，耀然学长就站在我们后面，他看着哥哥，再看着我，一直看着我，脸上表情似乎是在说：这次没有认错人了。

我缓缓低下头，不知道该怎么面对，下意识隔着衣服抓着平安符。

哥哥对我说：“你先上车。”

于是我心跳加快地上了车，从后视镜里观察耀然学长和哥哥不自然的重逢，他们生疏地交谈着，有距离地看向彼此，礼貌性地笑着，两个原本如此亲密的朋友，因为我而不再联络。

我真的造了不少孽。

回不到过去的，不只是我，还有哥哥。他很快就回到车上，留下站在原地的耀然学长。学长表情漠然地站在原地，没有人像他这么无辜，只是救了我，却要承受这些。

我对他真的很抱歉。

哥哥发动车子，经过耀然学长旁边时，和他点头打了招呼后，快速驶离。后视镜里耀然学长的身影越来越小，最后消失不见。我深呼吸一大口气，才让自己的心情平复。

哥哥开着车，不停转头过来确认我的状况，我知道他在担心我。“我没事。”在他转头第三百次之后，我对他说。

“嗯。”他回答着，但这声“嗯”里听起来有太多不相信。

我握着身上的平安符，把昨天晚上遇到耀然学长的事完完整整告诉哥哥，他越听越惊讶，然后把车开到路边。

“你昨天为什么不说，害我还凶你。你真的没事吗？没有晕倒吗？情绪还可以吗？要不要陪你去找王医生看看？”哥哥抱歉地说。

我摇了摇头，叹了口气，“不用了，真的没有那么严重，昨天那么多人在那里，我不知道怎么说，而且我本来就该被你骂的。哥，我知道是因为我，你才不和……耀然学长联络的。”讲到“耀然学长”四个字，嘴还是有点软，“你是怕我会崩溃，但是现在我不会了。虽然我还不知道怎么面对他，但是我可以处理自己的情绪，你不要再为了我失去什么了。”

哥哥看着我，难过地说：“我从来不觉得我为了你失去过什么，对我来说，你是最重要的妹妹，我和爸妈都只要你好好的就好。”

“我知道，我会好好的，所以不要再介意我，我知道你和耀然学长的感情有多好，不要为了我而变成陌生人。”

哥哥看着我，为我的释怀感到开心，他什么都没有说，只是摸了摸我的头，微笑着开车继续出发。到家后，哥哥陪我上楼，他在家门口对我说：“什么都不要想，好好睡觉。”

我点了点头，和哥哥道再见。走进门，乐晴和明怡正在客厅里看电视，“回来啦。”乐晴边削着水果边对我说，明怡则是起身，走到我房间帮我开了灯。

“快去洗澡，等会出来吃水果。”明怡走过来，在我身旁说着。

我感动地看着她们，家里有人帮我点灯的感觉，好让人安心，“你表情怎么那么奇怪？是脚趾又痛了吗？”乐晴看着我。

我笑着摇了摇头，然后慢慢走进房间。这时手机突然响了，屏幕显示“亲爱的东炫”。我笑了出来，纪东炫脸皮真的够厚，输入的时候都不会脸红吗？啊，他不会，因为就算脸红也看不出来，满脸胡楂。

我接了起来。

“你知道一加一等于多少吗？”他突然问。

“二。”不知道他又在搞什么把戏。

“有事吗？打来问这个做什么？”我好奇地问。

“确认你今天有没有中邪。看起来是没有，声音很正常，回答也很正常，OK，你可以睡了，拜。”完全没有等我回应，就挂电话了。

我笑了，出乎意料地，非常能接受他关心我的方式。

☆ 有些人就是不着痕迹地告诉你：是的，不用担心，你的人生里有我。

第五章

所谓的重生，

就是过去掺和着未来，

再用另一种方式开始

接下来的两天，我努力地赶着案子，而楼上的“砰砰”声越来越大，也越来越常出现。我本来还能勉强自己习惯，但当灵感出不来，再听到这些杂音，心里的烦躁达到最高点。

我忍不住拿起手机，这个月向外拨出的电话，第一次就献给了纪东炫。

但他很不给我面子地转接语音信箱。挂掉电话后，楼上又传来“砰砰”两声。我沉不住气地拿了手机和钥匙出门，然后走到楼上，按着门铃，却一直没有人来开门。

明明就在里面。

突然，住在纪东炫对面的吴妈妈开门走出来。我吓了一跳，停止按门铃。而对于在这里见到我，她感到万分不可思议，愣了一下，才对我点头打招呼，边下楼边看着我，还差点跌倒。

吴妈妈的身影消失在楼梯间，我又开始按起门铃，但还是没有人回应，在我放弃要离开时，门被打开了。纪东炫睡眼惺忪的模样，一看到我，好像看到鬼似的惊醒，“你、你、你怎么在这里？”讲话还结巴。

“因为你好吵。”我说。

他根本没有听我回答，继续结巴地说：“你是不是又中邪了？”

“你才中邪，这公寓已经很旧了，大家都知道隔音设备不好，动作都会放轻，可是你好吵，一直‘砰砰砰’的，这样我根本没有办法专心工作。”我一连串地说完。

“天啊！这是你说最多话的一次，唵嘛呢叭咪吽！”念完还用手指大力戳了我的眉心。

我好久没有生气，谢谢他让我记得生气的感觉。我用力地把门关上，听到他大叫一声，我本来转身要离开的，他却又迅速开门拉住我。被他的举动吓了一跳，我动作很大地甩开他的手。

转过头想要骂他，却看到他流了鼻血，一脸痛苦地看着我，我歉疚又有点慌张地赶紧把他拉进屋子，想要帮他止血。一走进去，我又吓了一跳。

这不是家，根本就是某间仓库，客厅里有一台很大的电视，还有几台电脑屏幕和散落一地的各种滑鼠与键盘，旁边叠了一箱箱东西，有的是打开的，有的还没有被拆封。

打开的箱子里，有些是书，有些是生活的杂物，地板上只有一张折叠椅和一张小桌子，放着一个被无数根烟塞满的烟灰缸。我转过头去看纪东炫，不懂他是怎么活下来的。

但他的鼻血提醒我，现在不是关心这件事的时候。我赶紧让他坐在折叠椅上，从地板上找出纸巾盒抽了两张，塞进他的鼻孔，让他保持正常直立的样子，我捏住了他的鼻梁。

“你好熟练。”他说。

因为我之前也经常流鼻血。

“不要说话。”我说。

我一边看了看四周环境，成语里的“家徒四壁”，我总算见识到了。他真的过得很不好，我心里这样想着。他都能这么乐观了，为什么我做不到？

我放开手，警告他不要乱动，然后走到浴室，想帮他拿毛巾擦脸，但浴室除了沐浴乳、牙膏、牙刷外，什么都没有。

“你不用毛巾吗？”我好奇地问。

“有面巾纸。”

“洗发精呢？洗面乳呢？”

“那一瓶就可以洗全身了。”他的语气充满骄傲。

我难过地把面巾纸打湿，帮他擦掉脸上的血渍，然后告诉他：“快好了，你先不要乱动，自己捏着鼻子。”他乖乖地照做。

他房子的大小只有乐晴家的一半，乐晴家是两户打通才那么大。我走到他房间，也就是我房间上方，想知道他到底在搞什么。没想到，这一看真的会让全台湾两千三百万人都震惊了。

他房间没有床，只有一张躺椅，那种小时候去乡下外公家，外公会躺在门口乘凉用的躺椅，上面有一个枕头和一床被子。旁边还有几个打开的箱子，里面都是衣服，不知道有没有穿过的衣服，除此之外什么都没有了。

我走回客厅，确定他已经止血，把他鼻孔里的面巾纸拿下来，难过地问：“你到底怎么过日子的？”

他一脸不明白地看着我：“这样过啊！怎么了吗？”

“那躺椅这样是要怎么睡？”我问。

“很难睡啊，所以我常会睡到一半掉下来，再爬回去睡，不然就是睡到躺椅翻倒，就没有时间去买床啊！”他说。

他明明就很多时间，我想是经济上有问题，才没有办法买床。我转过头看他，不知道该说什么，他这么大一个人睡在这样的躺椅上，一定很不舒服，所以才会常常掉下来。

我低头一看，他穿着短裤，膝盖上有一块瘀青，连腿都给磕伤了。

“哎，你干吗这个脸色，躺椅其实也没有不好啊，睡起来很凉耶。”他乐天派地说着。

“嗯。”我听了好心酸，“好，你继续睡吧！我不吵你了。”

我要有同情心，不能再怪他发出噪声，我要忍耐不能发脾气。乐晴给了我最大的房间，因为我的工作和生活都在同一空间，又像妈妈一样照顾我三餐，家里从来没有少过什么，我也从来不需要采买任何生活用品。我这几年就是过得太无忧无虑，才会有时间为过去伤心。

“喂，你先解释完再走，你这表情是什么意思？”他在后面跟着我猛要答案，但我怎么能够伤害他。

“快去睡。”我小心地把门关上，然后回到楼下，坐在房间的工作桌前，想着他生活的环境，我完全没有心思工作。我拉出挂在脖子上的平安符，想起纪东炫帮过我的，我决定要好好回报他。

开始上网搜寻床垫，但我对这个不熟，只好打给乐晴。

“我现在睡的床是什么牌子的？”

“S 牌啊！怎么了？不舒服，还是床坏了？我等会回家帮你看看。”乐晴紧张地说。

“不用了，我只是问问而已，床很好！”我赶紧制止乐晴，因为我很担心明天她就会帮我换床。

乐晴被我莫名其妙地挂了电话。我上网搜寻和我相同牌子的床，有我亲自睡过比较放心，毫不手软地订了一组床，还帮纪东炫挑了两套床单，送货地址留了楼上的住址。线上结账后，我心里感到满满的踏实。

总算可以开始工作了。但一碰到滑鼠，我想到那个空得可怜的浴室，几番挣扎后，我还是起身，拿了钱和钥匙出门，到巷口的大型超市，开始选购一些生活用品。

想起之前陪乐晴来买东西，她帮大勇买的洗面乳还有洗发精，我都照样拿了一瓶，不，是两瓶。再买了毛巾、浴巾，想到那个满满的烟灰缸，我拿了一整盒的口香糖，我怕他烟抽太多会早死。

买完，我走在回家的路上，觉得很满足，觉得很愉快。

走到家门口时，停在一旁的车子，车门突然打开，耀然学长从车上走了下来。我愣住了，或许可以说是吓到了。他在我最熟悉的地盘出现，不安很快就占据了我的全身。

我想当作没看到，快速打开大门，但耀然学长直接站到我面前，逼我面对他。

“立湘，我有话想跟你说。”他又回到十五年前耀然学长的样子，皮笑肉不笑的。

我摇了摇头，事实上我是想开口回答的，但我的喉咙像被绑架了一样，什么声音都发不出来。

“给我三分钟就好了。”耀然学长很坚持。但他越坚持，我就越害怕，我不知道他要对我说什么，也不知道我有没有勇气听他说什么，我已经在他面前失控过了。

实在不知道怎么面对他。

突然大门被打开了，纪东炫走了出来，看看我，再看看耀然学长。

看到他出现，我心里有千万个庆幸，害怕马上减少了一半。他伸出手拿过我手上的袋子，然后对我说："三分钟而已，去吧！"

我讶异地看向纪东炫，他抬抬下巴对我示意。

耀然学长看了他一眼，再看着我，我对纪东炫说："等我。"他豪气地点了点头。我转过身走向对面的小公园，耀然学长跟在我身后。

站定位置，我深呼吸一口气，转过身面对他，也能看到五米外的纪东炫。

"他是谁？"耀然学长问。

"朋友。"我说。

"男朋友？"耀然学长更直接地问。我抬起头看他，觉得他在跟我开玩笑，在我身上发生过的事他是最清楚的，怎么这样问我？

"不是。"我说，接着问他，"你怎么会知道我住在这里？"

他有点难以启齿地说："我昨天晚上跟着季阳的车来的。这几年来，我一直很想知道你的状况，但他总是不说，所以我只好这么做。你不会怪我吧？"

我看着学长真挚的脸，听见他如此关心我，我怎么会怪他。我用力摇了摇头。

然后他松了一口气，慢慢走近我，伸出手摸着我的头，像十五年前一样。但我想躲，因为我怕自己又狠狠爱上他一次。对于他，这辈子我除了暗恋，也就只能想念了。

我本能地往后退，耀然学长却一把抓住我的手，不让我逃走。他深情地看着我，逐渐红了眼眶，然后哽咽地说：“我好想你。”

做梦都没有想过耀然学长会对我说这句话，我不敢置信。

“我知道那件事对你的打击很大，季阳也不再跟我联络，伯父伯母希望我不要出现在你面前，好让你可以忘记一切，我忍耐着不去找你，最近几年，我试着问季阳你去了哪里，他说你在国外生活。”耀然学长摸着我的脸，他指尖的温度好烫。

“为什么要找我？”我在他的生命里面其实只是一个过客，一个好朋友的妹妹而已，我不懂他为什么要问我的下落。

“因为我爱你。”耀然学长的直接，让我整个人都僵硬了。幸好他背后五米外的纪东炫，正在对我做鬼脸，让我知道这不是梦。

我忍不住伸手摸着平安符，担心自己是不是又中邪了。

见我没有反应，耀然学长继续说：“立湘，我喜欢你好久了，我第一次看到你跑进季阳房间笑得好开心的模样，我就一直注意你了。”

原来我爱着他的时候，他也已经爱上我了。

如果那天告白成功，我们今天会是什么样子？会像依依和尚昱哥那样，牵着彼此的手，走过十几年吗？

我难过地看着他，为了那个错过的时机。

他也难过地看着我，轻声对我说：“那件事过去很久了，我们都不要再想了好吗？”

“你……喜欢我？”我不敢相信地问。

“对，十五年了，我从来没有办法忘记你，那天在咖啡厅遇见你，我就告诉我自己，我不想再错过你。不知道你会在哪里，只能去你家碰运气，幸好就这么遇到了。让我陪在你身边好吗？”耀然学长每一个字都说得好真挚诚恳。

十五年前的梦想，今天总算可以实现，我却犹豫了。我真的可以像学长说的那样，不在乎那件事，两个人好好在一起吗？我爱他，毋庸置疑，但我已经不是十五年前的我，我知道只有爱是不能长久的，我还有好大的困难，叫作现实，得要去克服。

“好吗？让我照顾你。”耀然学长的脸靠我好近，我几乎就要答应了。

“让我想想，对不起，太突然了。”我说，理智还是战胜了情感。

我更害怕我一说“好”，梦就醒了。

耀然学长的脸上满是失落。我难过地看着他，取笑自己的懦弱。爱了十五年的人，不在乎我的过去，也说他爱我，我应该要大设流水席三天三夜庆祝才对，我却告诉对方我需要想想。

“没关系，十五年都等了，我不在乎再多等一下。”耀然学长伸出手把我搂进怀中。

恶心感突然很煞风景地从胃里涌出来。我急忙推开他，努力调整自己的呼吸。纪东炫不知道什么时候来到我身边，轻轻拍我的背。

耀然学长不知所措地看着我，我对他感到很抱歉，很想对他解释推开他的原因，但不知道从哪里说起。

“我会等你，你好好休息。”他难过地对我说，然后再看了纪东炫一眼，转身离开。

我目送他的车在我眼前渐渐远去，至今还不能相信，我刚刚到底听到了什么。

“要吐一吐吗？”纪东炫问。

我摇摇头，深呼吸几口气后，已经好了很多，“我没事了。”

他停下轻拍的动作，看着我说："你知道吗？我原本以为是我长太丑，才害你反胃吐出来，刚刚那个长得那么帅，你也想吐，那真的就是你的胃有问题了。"

我还有心情可以瞪他一下。

他吓到了，夸张地说："你会瞪人耶，吓死我了。"

我懒得理他，先走回家，他跟在我后面继续说："你再瞪我一下啦！我觉得很漂亮耶，又很有个性，再瞪我一下啦！"

比起他，我的病真的算不了什么，他的症状才真的严重。

上了楼走到家门口，纪东炫把手上的袋子递还给我，我摇了摇头，告诉他，"这是给你的。"

"给我？"他疑惑地看着我，接着打开袋子察看里面的东西。

"给我这个干吗？"

"我看你家什么都没有，就去买了，不要客气。"我对他说。

"哎，你今天真的很奇怪耶，你现在这到底什么表情？你给我好好解释一下。你不会以为是我没有钱吧？我有钱好吗？我只是懒得去买，我有在赚钱，需要给你看一下我的存折……"

没等他说完，我已经关上门，还能听见他在外头喊着："朱立湘，你给我好好解释一下喔！”

回到房间时，乐晴在里面，我们两人都吓了一跳。

“吓死我了，你走路能不能出点声音？”乐晴拍拍自己的胸口。

我则是紧握着平安符，大口深呼吸。

“你的床好好的啊，而且都睡了好一阵子了，怎么突然间不习惯？是太软吗？还是太硬？”乐晴继续问。

“没有没有！很好睡。”我赶紧解释。她一脸狐疑地看着我，像在质问另一半是不是偷吃一样。

幸好她没有继续追问，不然，连我自己都不知道怎么解释这些脱序的行为，如果我说我是想帮纪东炫订一张床，乐晴应该会马上报警，觉得我是假冒的朱立湘。

“那就好，我去做晚餐了。”乐晴说完就离开房间。

我整个人松了一口气，瘫软地躺在床上，这张床不硬不软刚刚好。

耀然学长对我说的那些话再次在我脑海中浮现，刚刚没有时间反应，现在可以好好回味。想着他说的每一句话，我的心跳开始加快，自己一个人在房间里害羞起来。

“因为我爱你。”我不停地重复想着，后悔刚才没有录音，这样就可以每天听了。

“朱立湘，你生病了吗？”依依的声音离我好近，我一张开眼，她的脸就在我眼前五厘米处，我吓得坐起身来，依依也被我的反应过度吓到，整个人往后弹。

“天啊！我都不知道你动作可以这么快耶。”依依惊喜地说。

我尴尬地笑了。

“你脸怎么会红成这样，是不是发烧了？还是感冒了？”依依走过来摸着我的脸，“有点烫，我去拿温度计。”

我拉住依依，“不用，我只是有点热。”

依依狐疑地看看我，就和刚刚乐晴看我的表情一样：“你今天怪怪的，朱立湘！”

“有吗？”我镇定地回答。

她用力点点头：“有一种奇怪的感觉，觉得你今天突然很少女。”吓死人的观察力，不愧是资深秘书。

我没有回应，因为多说多错。

依依看了我一眼，不再继续追问，拉着我的手，“走，吃晚饭了。”

难得今天的晚餐只有我们四个人，大勇带团去欧洲，尚昱哥也去日本出差，而敬磊哥是一直在国外，很少回台北。大家很开心地聊着天，我也加入话题。

“立湘，我觉得纪东炫不错。”依依突然说。

我点了点头，“嗯。”还不错，很能让人信任的人，所以我才能够这样和他相处，对我来说，他不构成任何威胁，我也很意外自己会对他如此放心。

“所以有机会？”依依继续问。

“什么机会？”我不懂。

“试着交往看看？”依依认真地说，我笑了出来。

乐晴马上跳出来说：“怎么可能，立湘不喜欢他，她喜欢别人。”她一说完，依依和明怡都停下筷子看着她，我也是。难道下午我和学长在一起的时候被她看见？

明怡和依依同时回头过来看我，“立湘，你不够意思喔！为什么我不知道？为什么你只跟乐晴说？”依依有点生气。

我整个人开始不知所措，根本不知道到底发生了什么事。

幸好乐晴出声了：“你们先不要激动，立湘没有告诉我啦！是我今天去帮她检查床垫的时候，发现她枕头下放了照片，那一定是重要的或喜欢的人，不是吗？”

原来……我松了一口气。

下一秒，依依已经冲到我房间。我还来不及起身，她就像中乐透一样，拿着照片冲出来对我说：“看到了，看到了！”接着把照片递给明怡。

明怡看了照片，微笑着抬起头，“立湘，你只是头发长了，其他都没有什么变，还是好清纯，好漂亮。”

依依一副受不了的样子，“重点是旁边那个人。”

明怡笑了笑，和依依用眼神交流。

她们兴高采烈地看着照片，我觉得好抱歉，我总是很少让她们知道我的心情和我的过去，没想到她们只是看到两张照片，就可以开心成这个样子。

“他到底是谁啊？”乐晴好奇地问。

于是我把那时暗恋耀然学长的事边回忆边说出来。她们三个人陶醉地听着，不时兴奋地问我有关耀然学长的种种，但这个故事的结局，只停在我来了台北后就失去联络。

"好可惜喔！"依依的表情就好像没买到最爱的包包一样惋惜。

"要不要试着联络看看，现在没有什么找不到的，拜托一下朱季阳就好了，他们不是高中同学吗？一定找得到他。"乐晴提议。

我摇了摇头，"顺其自然就好。"对，下午的事有了答案，一切顺其自然。

"对啊，有缘分自然会再遇见。"明怡也微笑着说。

"我人生真的没有遗憾了，能够听到你说这么多话，能够知道你喜欢过一个人，我心满意足，真的。"依依说得好夸张，但我能够明白她的感受。

我朝她笑了笑。

"那这张，和你拍照的一男一女是谁啊？"乐晴拿起另一张合照问我。

"是我高中时最好的朋友。"我说。

开学时，莹莹的座位就在我旁边，她是全班第一个和我说话的人。新学期老师指定我当班长，而智维是副班长，我们两人常一起负责班上事务，就这样熟了起来，三个人就这样热络了起来，一起吃午饭，一起念书，一起做任何事，形影不离。

我暗恋学长，他们都知道，而后来发生的事，他们也都知道。最后我消失了，他们也从我的生活中消失，非常彻底。

偶尔会想念他们，如果没有发生那件事，现在的我们会是什么样子？莹莹热爱美妆，想当彩妆师，我也曾在依依常看的杂志上试着找寻莹莹的名字，却从没找到过。

而智维则是想当记者，他说文字可以改变世界，他要把真实的世界，用他的文字传达给所有人。每当我看报纸或上网看新闻时，总会注意报道上有没有他的名字，但也从没找到过。

而我，梦想成为律师却成了设计师，绕了好大一个弯，走得很辛苦，但能走到今天，我已经很满足，他们呢？是否好好地走在自己想走的路上？还是跟我一样绕了圈，走到了另一条路上呢？

我想我永远没有办法知道。

“真正的好朋友，不管隔了多久再见面，都不会变的。”乐晴这么对我说。

我明白她的意思，但见到他们，也就表示我和他们又要面对那些过去。对我，或对他们，都是一项很大的挑战。

依依开心地去拿了酒出来，“今天是好日子，需要开酒。”

乐晴和明怡也一起附和，于是我们四个东聊西聊，就这样喝掉了三瓶红酒。头重脚轻地回到房间，躺在床上，我梦到了耀然学长。

梦里，我们躺在床上注视着彼此，耀然学长笑得好温柔，他伸手拥抱我，我幸福地依偎在他怀里……正享受着两人的浓情蜜意时，却伴随着一声声的“砰砰”声响！

我在耀然学长怀里，担心着纪东炫会不会从躺椅上摔下来跌死。

隔天，我被一阵急切的门铃声吵醒，我昨天晚上连睡衣都没有换，现在脸也来不及洗就走到大门。从猫眼里看了按门铃的人，纪东炫气急败坏地站在门口，火气很大的样子。

我把门打开，他一见到我，就对我吼着：“朱立湘，你这是什么意思？”

“什么什么意思？”完全不知道他在凶什么。

“那组床！现在莫名其妙放在我家里的那组床，是你买的吗？”他生气地指着楼上，我感觉到他连指甲都气到发抖。

我惊讶地看着他：“来了？”果然是二十四小时内到货，太有效率了，好期待那张床放进他房间的样子。

我有点兴奋地推开他，快速走上楼，他家的大门就这样大开着，门口放着组合床架的包装箱，还有一些杂物。他该有多气，才会连门都没有关就这么冲下去找我。

走进去，那张床垫就靠着墙直立着，他跟在我后头走了过来。

“你看看你，整个房子被你搞成这样。”他生气地指着门口，指着床垫。

我打开组合床架的箱子，拿出组装图，“帮我把那根长的放到左边。”我对纪东炫说。他莫名其妙地看着我，还是照做了，边念边做。

分类好所有组合的零件和板子，我走到房间把他的躺椅收起来，“你干吗？”他紧张地问。

“拿出去。”我指示他。

“为什么要拿出去？”他边问边照做，“拿去哪里？”

“拿去最远的地方。”我说，他一脸不悦地拿了出去，我趁这时间帮他把放置衣服的箱子全推到角落，走到外边指使他先把什么零件拿进来组装。

“为什么要组装？”他边组边问。

“再来换 H 这两块先组起来。”我专心地对照说明书。

床架在他边问边组合下完成了，我满意地看着完成品，和实物图是差不多的，开心地跑到客厅，对还在房间的纪东炫说：“快出来帮忙。”

他走出来看见我正准备搬床垫，吓得赶紧走到我旁边：“你冷静，很重，我来搬就好，而且为什么要搬这个？”

我没理他，用力地抬起一边，他抬另一边，我们合力把床垫放到床架上，然后再快步走到外面找床单组。“你到底在忙什么啊？到底为什么要买床给我？”他在房间里嚷嚷着。

我拿了床单组打开，他惊讶地问：“这是什么啊？”

我要他跟我一起把床单铺好，再把枕头套装好，放上两用被。看着总算有一点人味的房间，我内心感到很满足。一套乡村风的淡黄色碎花床单，配上白色实心木罗马床架，把整座床衬得更温暖。纪东炫站在我身旁，双手抱胸，语气沉重地说：“你可以解释一下吗？这套床放在我的房间像样吗？”

“很像样。”我伸手摸着软绵绵的床，觉得自己今天做了一件好事，功德圆满。

我开心地对纪东炫说：“这样你就不会再睡到摔下来了。”

他看着我，忽然愣住，感动地看着我。

“不要跟我客气，这一阵子你也帮了我很多。”我真心地感谢，还拉出衣服里的平安符证明。

“等一下！等一下！你这表情为什么这么奇怪？我谢谢你的好意，但床我可以自己买，你跟我说多少，我马上还给你。”纪东炫急忙要去拿钱包。

“不用了，真的，没多少钱，你睡着舒服比较重要。钱你就留着吃饭，住外面三餐不一定，多留点钱吃点好吃的，知道吗？”虽然不知道他有没有把我当朋友，但我有，所以苦口婆心。

接着我开心地准备走人。

“哎，你这话说得怪怪的喔，你给我解释清楚，我不要睡在小碎花床单上面，你为什么要买这么娘的东西给我？这个床组的圆柱上面为什么还有小天使？我不要喔！你给我退回去……”

没等他说完，我已经走出他家，还把门给关上了。

踩着缓慢但又轻快的脚步回到楼下，好好梳洗一番，吃了餐桌上的早餐，心情很好地展开今天的工作。

不晓得是不是因为心情好，进度非常顺利。吴经理的案子已获得确认，希望我今天下午可以到公司签约，其他的案子进度也都超乎预期。把事情告一段落，再删掉每天都会收到的自由设计网罗信，我关掉电脑。

传了个信息，告诉乐晴我要出门去签约。换好衣服，拿了包包出门，一路上总不时地回头，老觉得纪东炫随时会从我背后冒出来，我要想好理由拒绝他当跟屁虫。

但一直到上了公车，理由都没有机会拿出来用。

这样不是很好吗？耳根子很清静，但是内心不太静。我深呼吸一口气，把这奇怪的感觉怪罪到天气。

到了公司，助理小美带我走进明亮的会议室等待，过了十分钟，吴经理走进来，拿着合约对我说："老板对这次设计非常满意，我们做过调查，反映很好，所以公司决定找另一间公司来合作，要进行大量制作，洽询各个通路的合作。

"要合作的公司一看到是你的作品，马上答应了，还一直说他们已经注意你的作品很久，但很难联系上你。你都不知道他们多羡慕我跟你合作过。"吴经理很骄傲地说着。

需要搞得这么大吗？我开始觉得压力有点大。

“老板这里是想，如果接下来相关商品的开发都能由你负责，任何从这个商品衍生的想法，都希望你能留给我们。”吴经理继续说，等待我的回应。

是该再往前一步了。

思考过后，我点了点头，花了点时间看完整份合约，把不确定或有疑问的地方好好重复确认。哥哥是律师，在我开始自己接案时，就教了我很多看合约的技巧。确认没有问题后，我签下了合约。

助理小美又走了进来，在吴经理耳边悄声说话，接着又走出去。吴经理说：“立湘，这次跟我们合作新产品开发的合伙人也刚好来公司，介绍你们认识一下。”

我很想说不要，但是门已经再度被打开，走进来的人是耀然学长。我们两个看到对方，对这巧合十分意外。

“帮你们介绍一下，这位是自由设计的总监简先生，Leo，这位是这次跟我们合作的设计师，朱立湘小姐，她在业界使用的名字是力想。”

“原来你就是力想？”耀然学长满脸惊讶地看着我，然后笑着说：“我一直以为力想是男的，没想到会是你，我每天都有寄 E-mail 给你，从没有收到过任何回信。”

我也吓到了，没想到每天寄 E-mail 来的自由设计公司，竟是学长的公司，被我整整删了两年的信，竟是学长寄的。

“Leo 总监，立湘很有自己原则的。我每次可是把简报做得够详细寄给她看，有合适的案子她才会回信的。”吴经理在一旁搭腔。

耀然学长微笑着，直愣愣地看着我，看得我目光不知道该放在哪里。吴经理觉得气氛有点奇怪，转头对耀然学长说：“Leo，麻烦你等我一下，我把企划书拿给你。”接着走了出去。

会议室里，只有我和学长两个人，而他热切的眼神一直不肯从我身上移开，我只能拿着合约，假装看着。

“没想到你居然成了设计师。”

我抬起头看耀然学长，他走到我面前，深情地握住了我的手，我吓了一跳，“季阳常常告诉我，你长大想当律师，他总是很骄傲地说，我妹以后不得了。没想到最后你居然和我在同一个行业，我们这么近，却又好远。”

我看着他，明白我们心中的遗憾，“很可惜，我没当上律师。”我说。

“不可惜，你的梦有季阳帮你实现。现在你在业界也小有名气，你很棒，只要你愿意，任何一条路都能走。”学长紧握住我的手。

我的眼睛对上他真切的眼神，给了他一个微笑。

“Leo 总监，这是基本的……”吴经理拿着文件走进会议室。

我急忙甩开耀然学长的手，快速退到一旁去。耀然学长看见我的举动笑了笑，才转过去接下吴经理手上的资料。

我心脏几乎快要跳出来，顺了顺呼吸，我向他们两人说：“我先回去了。”

没等他们反应，我用最快的速度离开公司。才走出大楼没两步，耀然学长已经站到我面前。我对他的速度感到不可思议，“我送你回去。”学长看着我说。

我还没有做好和他单独相处的心理准备，打算说不，但学长已经牵起我的手往前走，我试着挣脱，但他紧紧握住，在我耳旁轻声说：“这次，我绝对不会放手。”

我转头，迎向耀然学长坚定的目光，很清楚地知道，心里有一块地方正逐渐失守。我没有再挣扎，就这样让他牵着我走。到了停车场，我们上了车，他帮我系上安全带。

他开车时不停转过头看我，我被他注视到连呼吸都觉得困难，只好出声对他说："专心开车。"

耀然学长笑了笑，"十几年没看到，就是想好好看个够。"

我没说什么，假装镇定，心里扬起笑容。

学长没有送我回家，而是来到一间拉面店门口，"我们吃点东西再回去。"他说。

我没有拒绝的机会，他已经下车，过来帮我开了车门。我也只能下车，和他一起走进去。他快速点好餐，帮我拿好筷子对我说："我记得你很喜欢吃面，所以只要去到好吃的面店，我都会记下来，希望有一天可以带你来。"

接着拿出他的手机，打开记事本，上面满满都是美食资讯。哪间的牛肉面好吃，哪间酸辣面最美味，这每一笔资料，都是他想着我所记下的，我感动地看着他。

"这间的拉面是我吃过最好吃的，还有唐扬炸鸡，真的非常好吃。"学长开始介绍这间店的特色，好像他是老板似的。

面很快就上来了，味道果然跟他说的一样，汤头浓郁面条软 Q，真的很好吃。一边听着学长说着这几年创业的过程，因为在同一个行业里，我们聊起来特别有共鸣。

包包里的手机突然振动了，是乐晴打来的。我按下接听键，“怎么还没到家，都七点了。”

“和老板吃饭。”我说，耀然学长一脸不满意。

我知道乐晴一定觉得很奇怪，但她没有多问，只是要我注意安全，如果时间太晚，依依可以开车过来接我。

电话挂掉后，学长开始问起我的一切，聊到了乐晴她们，我忘情地说着，就这样一碗面吃了两个小时才离开。

“去喝点东西？”上车后，学长提议。

我摇摇头，“太晚了，我想回家了。”

学长似乎感到有些遗憾地对我点点头，接着开向我熟悉的路，送我回家。我下车之后，他也下车走到我身旁。

“我送你上去。”

“不用了，我自己上去就可以了。”我不知道她们如果看到学长，我得解释多久。我现在都还没搞清楚自己到底要怎么面对学长，就算是顺其自然，也得要有个方向才能顺其自然啊！

听到我拒绝，学长又一脸失望地看着我。

我只能微笑，对他说了声再见，要他回去开车小心。正转身想要离开，学长却再次拉住我的手，把我拉到他面前，深深吻住了我。

纪东炫正好从门口走了出来，和我四目交接。

☆ 人家接吻时，在旁边做鬼脸是不道德的。

第六章

所谓的勇敢，

就是做了你一向不敢做的事

纪东炫打开大门，看见耀然学长吻了我的场面，脚步慢慢往后退，伸手把大门给关了回去。

我轻轻推开耀然学长，他宠溺地摸着我的脸，“对不起，我情不自禁。”他说着，声音都快把我给融化了。

“我还过不了我自己这关。”我说。

耀然学长叹了好大一口气。

“立湘，我真的不在意，从现在开始，你只要专心看着我、想着我就可以，那些不快乐的事就不要提，未来我们可以创造更多美好的回忆。”听他说着，我几乎快要同意了。

“好吗？给我们一次机会。”学长眼神中的渴求我不是没有发现，而是这一切来得太突然，只敢在脑子里偷偷想的事就这样真实发生，我非常需要适应。

我摇了摇头，“对不起。”

耀然学长急忙说：“不要说对不起，没关系，是我太急了。等了十几年，是我着急地想要你来到我身旁，却没有想过你的心情。”

“不，学长，是我的问题。”我也赶紧解释。

学长牵着我的手，“不，这个问题是我们的，我们一起克服。我说我会等你，我一定会做到，不管多久，只要你不再拒绝我就好。”

我感动地看着学长，谢谢他的宽容。他摸摸我的头，“今天你也累了，好好睡一下。”

我点了点头，看着他的车子离开，才松了一口气。站在大门前，我想到了纪东炫的眼神，不知道他会不会拿这个来当我的把柄。我边想着，边打开门，一个身影无声地蹲在楼梯间的角落。

我吓得尖叫。

纪东炫听到我的尖叫声，抬起头一脸哀怨地看着我。

“你干吗？”我问他。

“我不要那张床！”他又来了。

“那张床很好啊，我也是睡同一个型号的，很好睡，很舒服。”

我边走上楼边说。

他跟在我身后，和我讨价还价，“那我不要那套床单。”

“那套床单是很好的棉质，颜色又舒服，摸起来质感也很好，你不是也摸过了吗？触感是不是很好？”边上楼梯边说话，我开始有点喘。

“是很好，但我就是讨厌小碎花。”他在我后面像个小孩一样耍赖。

我这个人就吃软不吃硬，到了家门口，我转头对他说：“小碎花最适合你了。”

“哼！”他难过地跑了上去。

我看着他的背影，忍不住笑出来，发现他完全没有问我刚刚他看到的事，他真的很会利用各种方法来转移我的注意力。

打开门走了进去，大家都在客厅吃水果，大勇正在打电游。

“你回来了？纪东炫呢？”乐晴问。

“他回家了。”我说，但疑惑乐晴为什么这么问我。

依依叉了块苹果递给我，对我说：“他刚来家里吃饭，听我说二楼楼梯间灯泡好像坏了，就说要下去等你。我们以为你们会一起上来。”

他是专程等我的？

我刚刚还伤了他的心。于是我拿出手机，传了简讯给亲爱的东炫，“谢谢你陪我上楼，决定帮你集满七彩的小碎花床单来报答你。”我看着手机，但他一直没有回。

吃完水果，回到房间把合约书扫描备份收好。整理了一下，好好洗了个澡后，手机铃声刚好响了。

我马上接起来，笑着说：“怎么样，不喜欢湖水蓝？”

“嗯？”耀然学长的声音传了过来。我吓一跳，确认来电名称，是学长的名字。我们刚才吃拉面时互相留了电话，我以为会是纪东炫。

“没事，你到家了？”

“嗯，刚到，明天中午一起吃饭可以吗？”

我思考了一下，“好。”

“那我过去接你。”

“不用了，我再过去找你就好。”

两人又聊了一阵，我有点舍不得地挂掉电话，忍不住对着手机傻笑。

“这么甜蜜的笑容，怎么会出现在我们立湘脸上啊？”依依拿着一袋东西站在房门口，取笑我。

我赶紧回过神，担心地看着她，不知道她到底听到了多少。

“我只听到你很温柔地说了一句‘早点睡’而已。”依依知道我在烦恼什么，但她这么直接，更让我不知道该怎么说。

她走进来，把袋子里的东西递给我，“我觉得你现在会需要这个。”我打开袋子一看，里面是一整组的化妆品。

“我不需要这个。”我说。

“错，任何一个想让自己更漂亮开心的女人都需要。”依依说着，不容许我拒绝，很详细地向我介绍了每一项的用途和使用方式，里面还有张小字条，写了使用顺序。

但我最常用的彩妆品，是护唇膏。

我看着袋子里的那些，其实跟我很不熟，我表情凝重地看着那张字条，依依大笑，走过来拍了拍我肩，“加油！明天出门刚好可以试试。如果真的不会用，随时可以打电话问我。”然后很开心地走出去。

等等！不是说只听到“早点睡”三个字吗？怎么知道我明天要出门？我想去问依依到底听了多少，但我知道不用白费力气，她不会对我说真话。

一方面或许是因为明天能再见到耀然学长，觉得很开心，但另一方面纪东炫一直没有回我简讯，我又有点失落。我睡不着，决定熬夜赶图，当我画到一半时，总会忍不住抬起头往上看，今天天花板如此安静，他应该睡得很好。

想到他躺在黄色小碎花中，我就忍不住笑了。

就这样一直到了早上五点，我才强迫自己去好好睡上一觉。而这一觉睡下去，一惊醒，已是十点半了。依依给我的那袋化妆品我根本没有时间研究，搭着公车，快速地到达和耀然学长约好的日式料理店前，就在他公司附近。

看着手表，我提早十分钟到了。趁还有时间，我赶紧拿出镜子，再搽上随手拿了的口红，觉得太红，又忍不住拿纸巾擦掉，就这样重复两次之后，我放弃了，我没有进阶，它们得再等等我。

收好镜子，耀然学长也来了。

“等很久了吗？”

我摇了摇头，“刚到。”

“走吧！我刚刚已经订好菜了。”耀然学长自然地牵起我的手走进店里，而我也渐渐适应了他手掌的温度。

才坐好没多久，菜就陆续上桌，学长忙着把菜夹到我碗里，“学长，你也吃，我自己来就好。”

“不要，我要让你习惯我，然后戒不掉我。”他露出坚定的笑容。

我笑了笑，不知道该如何回应，一般女生会怎么回答？到底要怎么回应对方才是对的？我觉得我可能需要去洗手间用手机上网查一下。

“我先去一下洗手间。”我说。

学长微笑点了点头：“要陪你去吗？”

“不用。”

但我离开座位后，才发现手机忘了拿进来，还在桌上，我只好真的上了个厕所，整理了一下头发后，才回到位置上。

回到座位，却看见耀然学长正拿着我的手机。

“怎么了？”我疑惑地看着他。

他有点严肃地把手机递还给我，然后质问我：“亲爱的东炫是谁？为什么你要帮他买床单，他还说他不要？”

我被学长有点冷漠的嗓音吓到，但我更意外学长会擅自看我的手机。我伸手拿回手机，淡淡回应：“我手机里的联络人，当然是我的朋友。”

学长似乎发现擅自拿我手机很不妥当，脸色逐渐缓和，一脸很抱歉地对我说：“刚刚你手机响了，我怕有急事，所以才先看了，你不要介意。”

“嗯，没关系。”我说。看到学长真心道歉，也不好意思再怪他。

于是我们好好吃饭，有聊不完的话题。菜慢慢空了，心却是越来越满的，十几年的岁月，够我们聊上好久。

学长拿了纸巾帮我擦嘴角，对我说：“口红涂了就不要擦掉，我觉得很漂亮。”

我想我的脸稍稍地红了，原来我在店门口那样涂了擦掉，都被他看到了。我有点丢脸地低下头，他又伸手摸了摸我的头，我听到他在笑。

突然，他放在桌上的手机响了。他接起来，公司说有紧急的事，得要他马上回去处理，他抱歉地看着我。

“没关系，你快回去忙。”我说。

他牵着我的手走出餐厅，在门口对我露出依依不舍的表情。

“晚上我得开会，所以没办法见面。”他说着。

我点了点头，“工作重要。”

“你也很重要。”我完全不知道耀然学长这么会说甜言蜜语。听尚昱哥对依依说的时候，都觉得很恶心，但从他嘴里说出来，我完全无法反应，只能不停地对他笑。

“快回去上班吧！”

学长点了点头，我把手缩回来，他一脸惋惜，“你回家小心，到家打给我。”

“好。”

“我走啰！”

“好。”

“我真的走啰！”

我笑着推了他一把，他又走到我面前，很郑重地对我说：“不要叫我学长，叫我耀然，重新开始的第一步，就是把过去忘了。现在开始，我是你的男人，你是我的女人，记得，耀然。”他霸气地宣告。

我看着他，下了决定，“知道了。”我说。

一起重新开始。

学长开心地笑了，把我搂进怀里，“这表示你承认了喔！你没有机会反悔了，从现在开始你就是我的了。”

我笑着轻轻推开他，有点担忧地看着他，“我不知道以后会怎么样，但我会努力。”

他心疼地摸着我的脸，“是我们一起努力。”

目送他离去的背影，对他的依恋又多上了层楼。只是，越美好，就越让我胆战心惊，幸好手机铃声把我从胡思乱想里拉回来，我拿出手机接起，传来哥哥的声音。

“听说你最近很忙。”哥哥连“嗨”都没有说，就直接这样对我说。

“哪有。”我否认。

“我已经连续好几天打去你们那里，不是没人接，就是说你出去了。”哥哥的声音，我听不出来是调侃还是关心。

我不自然地说着：“因为最近工作的事，比较常出来外面。”

“很好啊！我就赞成你多出门，自己小心一点就好。如果太晚需要人接送，随时打给我，你吩咐一声，哥随时就到，但真的是因为工作吗？”哥哥的尾音上扬，调侃似的。

“真的啦！”我现在还没有勇气告诉哥哥，我和耀然学长联络上了。昨天晚上想过要不要告诉他，但害怕他会担心我的状况，阻止我们联络，就决定先暂缓。只要我没事，只要我过得好，就能证明那件事已经无法再让我中邪，那个时候再告诉他，或许比较好。

“是吗？”他还是不相信。

“是的。”我再次强调。

“好吧。”哥哥总算放过我，接着继续说，“你哪天有空，我们再回家吃饭。妈一直在问。”

我边走边想着时间：“下星期的话……”

忽然迎面走来的身影十分熟悉，我忍不住多看了两眼。我不敢相信自己的眼睛，居然是莹莹！

十几年过去了，我担心自己看错，只能目不转睛地盯着她，虽然她身着套装，又化了妆，但仍然看得出来，是十几年前青春活力的她，只是多了点干练。

我直直地看着她，很怕我一眨眼她就会在我眼前消失。而她似乎也发现了我的注视，看了我一眼，马上转过头去，好像不认识我一般走过我的身旁，难道她真的不是莹莹？

我很意外事情这样发展。

看着那个背影在转角消失，我才回过神来，发现和哥哥的通话还在进行。

“你怎么都没有回应，我已经准备要冲出去了。”哥哥担心地说。

“没有，只是看到一个很面熟的人。”

“谁啊？”

“苏莹莹。”我毫不嘴软地喊着她的名字。

哥哥在电话那头愣了一下，五秒后才试探地问着：“立湘，你没事吧？”

“没事。”我叹了一口气。

我想，在决定不要让自己再继续中邪之前，我得让哥哥不再那么敏感：“哥，我好很多了，你不要担心，我无法负荷的事，我一定会告诉你，让你知道我需要帮助。但在我求助之前，你得先学会把我当一个正常的人。”

哥哥忽然暴冲：“谁说你不正常了？谁敢说，你叫他出来！”

“就你啊！别再一直把我当病人了。”我直接说。

哥哥叹了口气："立湘，这几年你是怎么走过来的，我都看在眼里，好不容易这几年可以正常一点生活了，我真的希望你可以继续这样下去，我很怕你再发生什么事，让你又对生活失去信心，我只是担心这个。"

"我明白，但最坏的事，我已经经历过了，所以，我不要再害怕了。"我说。

虽然是讲电话，但哥哥的脸就好像在我眼前一样。我可以想象他强忍激动的表情。哥哥的声音有点颤抖，"好，哥哥答应你会学着放手，但你一定要答应我，有事要说。"接着很严肃地和我约法三章。

既然如此，我决定告诉他关于耀然学长的事。

"哥，其实我和……"

"等一下，立湘，我等等再打电话给你，有当事人突然来找我。"哥哥说。

"好，你快去忙。"我只能挂掉电话，和耀然学长的事还是没有说出口。叹了口气，我转头看着莹莹消失的街角，仍然觉得那个人就是她。

我走到公车站，转了两班公车，走在回家的路上，想着和莹莹的过去。她是个敢爱敢恨的女孩，知道我喜欢耀然学长，总是鼓励我勇敢追求。我下定决心告白，有很大部分是来自她的加油。

她总是喜欢勾着我的手，和我一起走在校园的各个角落，我们常说，有彼此就足够了。但下学期开始，她变得有点奇怪，总是会突然间生气，突然间闷闷不乐，却始终都说没什么。

“你走路可以好好走，不要那么分心吗？”纪东炫的声音在我身后响起。

我吓了一跳，转过头看他。他对我使了个眼色，我才发现自己正走在路中央，于是赶快往旁边走。

“你脚可以正常走路了耶，怎么那么快？你好适合脚受伤喔！”到底是什么歪理，我回头瞪了他一眼，看到他手上提着便当。

“现在才吃饭？都三点了。”我好奇地问。

“多亏你的小碎花，让我失眠到早上才睡着，中午才刚起床。”还怪我咧。

“是不是很好睡？”

“你脑子都在想什么？走路也不好好走。你自己危险就算了，不要害到其他路人，做人要有公德心，像我多靠边啊！”他没有回答我，继续乱七八糟地说着，整个人几乎要贴在围墙上。

“只是在发呆。”我说。

“想不出来的事就放着，花时间去想那些想不出来的事，就是浪费时间。”他随口说着，却又直接打中。

我忍不住开口问他：“如果在路上遇见一个认识的人，对方却好像假装不认识你，你会怎样？”

“不会怎样。”他毫不犹豫地回答。

但我听不懂。知道我没有慧根，他很详细地再对我解释一次：“如果我很在意的话，我会去要到答案。我脑子很珍贵，以我的智商，脑子不是拿来胡思乱想的，有时间在那里猜，不如直接问。”

接着继续教训我：“你们女人最爱这样，什么没事就是有事啊，有事就直接讲啊！干吗装没事。你装久了，人家就真的以为你没事，理都不理你了。”

他伸手打开大门，看着还在消化那些话的我：“你看你看，又在影响其他用路人的权益，你挡到陈伯伯了啦！”

我回过头，陈伯伯带着刚下课的大宝，正站在我后头。我急忙让开，陈伯伯对着我笑了笑，和纪东炫热络地打招呼。不就搬来一个月，好像整栋楼的人都和他很熟。

他对我摇了摇头，好像我有多没救一样，率先转身上楼。快到家门口时，碰到大勇下楼。他和纪东炫两个人像好兄弟一样，撞胸握手聊了起来。我继续往上走，经过他们两人身边，回过头好心地提醒大勇：“快去买乐晴要的东西。”

这个时间，大勇会下楼，都是帮乐晴跑腿。

大勇惊觉，马上跑着冲出去。

我走到家门口，正要打开门时，门却打开了。乐晴探出头，一脸火大地问我：“有没有看到孙大勇？”

“刚下去。”

“他要去帮我买牛肉，结果根本没有带钱包。”乐晴摇着手上的皮夹。

“我送过去好了。”我后面的纪东炫开口。

乐晴将皮夹给他，没收他的便当，“晚上一起吃饭。”纪东炫开心地点了点头，和大勇简直是一个样。

回到家，我传信息告诉学长我到家了。

信息才送出，马上接到他的电话：“我不是说要打电话给我吗？”

“我怕你在忙。”我说。

“接个电话的时间总是有的，我想听到你的声音。”学长在电话那头温柔地说着，我在这头甜蜜地笑了。聊了一会儿，我们才挂掉电话。

难道这就是恋爱的滋味吗？

五分钟的通话，就能甜得像喝了一桶蜂蜜。

但心跳总是要恢复正常。于是我换了衣服，到厨房给乐晴帮忙。大勇和纪东炫一起回来，两个人在客厅打起电游，不时听到大勇的赞叹声：“好强喔！好厉害喔！”

打电游厉害能当饭吃吗？

我边洗菜边想，哥哥人脉广，要不要请哥哥帮纪东炫找工作？但除了知道他会打电游以外，什么都不知道，可能还要找个时间，问问他到底有什么专长。这样一直没有工作，房租缴得出来吗？

“菜要被你洗烂了。”乐晴站我旁边，指了指我手上伤痕累累的青菜。

我尴尬地笑笑，赶快去做别的事。

不久后，明怡先回来，后来依依带着尚昱哥也回来了。今天又是热闹的一顿晚餐。

纪东炫坐在我旁边开心地吃着晚餐，好像有三天没吃饭那样，塞进嘴里嚼都不嚼，一下就吞进去了，我真的很怕他会噎死。“慢点吃。”我小声地对他说。

“不要。”他坚决地回答。

我看了他一眼，决定让他自生自灭，不想理他。

拿起筷子准备夹菜时，尚昱哥跟我对到了眼。我发现他在偷笑，他对我说：“立湘，你是不是变漂亮了？”我想他应该误会了什么。

“没有啊。”我说。

“感觉不太一样，还是谈恋爱了？”尚昱哥八卦地看着我，再看看依依，试着从依依口中得到证实。

依依看了他一眼，“吃你的饭。”尚昱哥只好自讨没趣地继续吃饭。

其实我担心的不是依依，而是纪东炫。依依只是听到我讲电话，但他可是看到学长吻我。他的思维又跟正常人不一样，很怕他随口一说，就把事情说出来。我转过头偷偷看他，他好像完全没有听到刚刚讲了什么，津津有味地啃着猪脚。

我悄悄松了一口气。

吃完饭，我在洗碗，原本和大勇一起打电游的纪东炫突然走过来，抢走我手上的碗，开始洗了起来。

“我洗就好了。”我说。

“洗碗抵伙食费。”他说。

突然想起帮他介绍工作的事，我开口问他：“你有没有打算找工作？”

“我不想工作。”

“你有什么专长？”和他讲话的重点，就是不要被他拉着走。

“打电游。”他骄傲地说。

“打电游之外呢？”

“睡觉跟吃饭吧，我一餐最高纪录是吃了四碗白饭，强吧！我之前在日本去参加过大胃王比赛，结果初赛就被刷下来，还是被四个女人打败。我要好好练练，找机会回去雪耻。”他说着，而我真的相信他会这么做。

“除了打电游、吃饭跟睡觉以外的专长呢？”我继续问。

“你要干吗？”他转过头来看我，我也看着他。他忽然有点恐慌：“你这表情怪怪的喔！你又想要干吗了？你不要乱来喔！你这眼神很有问题！先给我解释一下！脑子里想的什么，全都给我说出来喔！”

我被他盯得很不自在，只好说实话：“我想，帮你注意一下工作。”

他吓得对我大吼：“你别闹喔！我不要工作，你不要再整我了你！是因为我之前烦你，所以你现在要报复我吗？我不是故意要烦你的，是你常常中邪看起来很需要解救，我才出手救你的。你现在这样恩将仇报，对吗？”

原来如此，谢谢他救我，还给了我平安符。

我感动地看着他，给了他一个微笑，他突然吓得把碗放下：“你不要再对我笑，我觉得很恐怖，不准笑！闭嘴！”

看到他这个样子，我觉得更好笑，忍不住笑得更开心。他紧张得不得了，“不要笑了，我要回家了，你好可怕，碗你自己洗！”说完就跑出厨房，看着他逃难似的背影，我有一种胜利的感觉。

依依走了进来，看到我在对着空气笑，感到有点莫名其妙：“你在干吗？而且纪东炫怎么跑走了？”

我跟依依说了刚才发生的事，依依也笑了：“你就别管他了，搞不好他是什么有钱人的儿子，人家电影不都是这样演吗？老爸把儿子丢出来吃苦。”

"你觉得他像吗？"光是他身上那件衬衫，我就看到连穿三天了。

依依表情凝重："不像。"然后说："不过，你也对他太过关心了吧！"

我很老实地对依依说："纪东炫帮我很多，所以我也想帮他。"

依依点了点头："也是，自从他搬过来，你真的变得不一样了，开朗多了。好吧，我和尚昱也会帮他注意看看。"

"谢谢！"我开心地说。

依依看着我，摇了摇头："啧啧啧，电话男如果看到你为别的男人操心，他会不会吃醋啊？我们立湘不会一出手就是选手等级了吧！"

"我们只是朋友而已。"我试着澄清。

但依依只回了我一声，"喔！"就转身离开厨房，不管我怎么叫她，想再多说些什么，她就这样头也不回地走出厨房。我无奈地叹了口气，我现在能做的，不是再和她解释，而是把碗洗完。

洗个碗，就洗了将近半小时。

今天过得太忙碌，我洗完澡，连电脑都没有力气开，躺在床上就睡着了，隔天很早就醒过来。全家最早醒的一直都是乐晴，我梳洗完，走到厨房帮她。

乐晴被我无声的脚步吓到，一脸快哭了似的对我说："你是不是讨厌我？"

"怎么可能。"说这什么话。

"那下次先出个声好吗？免得我吓死，以后没有人做饭给你们吃。"乐晴很夸张。

我笑着点了点头。

"你怎么这么早？是没睡好，还是熬夜？"乐晴看着我。

"昨天很早睡，所以比较早醒来。"我帮忙倒牛奶。

"那就好，想说你好一阵子没有熬夜了，生活作息好不容易正常一点，怕你又睡不着……帮我拿两个鸡蛋。"乐晴边做三明治，边担心我，边叫我拿鸡蛋。

好佩服她可以一心三用。

"我之前是不是让你们很担心？"我拿了鸡蛋递给她。

乐晴犹豫了一会儿，最后还是老实说："对，刚捡你回来的时候，你不爱说话，一度以为你有语言障碍，又常常被噩梦吓醒。看到你很多奇怪的举动，老实说我很怕，不是怕你，是很怕我们不能好好照顾你。”

这是我第一次听到这些事。

“其实，一开始我跟季阳讨论过，要不要让你回家住。”乐晴很诚实地告诉我，“但季阳告诉我，你在这里是最好的选择，拜托我继续让你在这里住，然后他……”

乐晴看着我，欲言又止，我被她的停顿惹得有点心慌：“我哥怎么了？”

“他告诉我们，你曾经发生过不愉快的事，才会变成这样。虽然他没有说是什么事，但在那当下，我就决定要让你留下，跟依依和明怡说好，我们都要好好照顾你。因为我们也都经历过不好的事，很努力才走过来的，所以我们不会放弃你。”

乐晴说着，我已经哭到不行。

我知道乐晴在高中时，最疼爱她的爸妈车祸过世；而依依是小三的女儿，从小被欺负到大；明怡则是有个控制狂的父亲，她的童年也过得非常辛苦。她们也有自己的痛，但她们都比我坚强。

乐晴走到我旁边，搂着我：“不管那个不愉快是什么，我们都说好了，不去问你，除非你自己愿意说。后来你渐渐好了，虽然不多话，至少一天天进步，陪我们疯，也会跟着我们笑，也不做噩梦了。但是日夜颠倒，再加上之前吃太多安眠药，我很担心你的身体。幸好后来安眠药少吃了，而且最近又生活正常，我们都很开心，你一直在进步啊！”

我哭得泣不成声，我上辈子一定做了很多好事，才能遇见她们。

依依和明怡同时从房间跑了出来。

依依还睡眼惺忪地说：“我怎么听到立湘在哭，她又做噩梦了吗？”明怡则是拿了面巾纸走到我旁边，开始帮我擦眼泪。

“她没做噩梦啦！不过她真的在哭。”乐晴对依依说。

依依揉了揉眼睛，看到我抱着乐晴在哭，瞬间惊醒，走到我们旁边着急地问着：“干吗？才七点五十分，你怎么一大早就哭了，昨天不还好好的吗？”

“好啦，你不要急，就让她哭啊！你过来。”乐晴勾了勾手指，依依走过来，乐晴松开我的手，让我抱住依依，“立湘，你继续哭，什么不开心都哭出来，我的海鲜浓汤要煮干了。”

依依拍着我的背，明怡继续擦着我的眼泪。我的感谢都变成了一声声的哭泣声，等到乐晴做完早餐，我才停下来。明怡陪我到浴室洗了脸，回到餐桌前，我的盘子里有堆得跟玉山一样高的早餐。

“多吃点，刚才花了太多力气。”依依对我说。

我微笑地点了点头，拿起三明治开始吃。明怡帮我把牛奶微波加热好，递到我面前：“喝点温牛奶，会舒服很多。”我点了点头，喝了一口，温度刚好。

“先吃早餐，我锅里炖了鸡脚汤，晚点记得喝掉。”乐晴叮咛我，我点了点头。

我看着她们为我忙碌的身影，她们为我的付出，已经让我无法再封闭自己。

我放下手上的三明治，深呼吸一口气，握住衣服内的平安符，缓缓开口：“我被性侵过。”今天再没有说，我可能又没有勇气说了。

她们三个人吃早餐的动作同时都停住了。

我看她们表情僵得像打了超量的肉毒杆菌，完全不知道该做什么表情。

但都开头了，硬着头皮也总要结束。

“我不想说，是因为，不知道这件事对你们比较好。看到我的家人因为我的痛苦也跟着痛苦，因为我而设了很多禁忌，我觉得很对不起他们。我怕你们知道后会有压力，会变成像哥哥那样，所以才不想说。”我心跳加快地解释着，不知道她们接下来会有什么反应。

一说完，坐在我一旁的明怡伸出她的左手，紧紧握住我的右手，她的手正在发抖。

“什么时候的事？”坐在我对面的依依强作镇定地问，她的声音也在发抖。而乐晴的眼眶不知道什么时候已经红了。

我像是在说别人的事一样，把那件事的经过说了出来，而我只是心跳很快，并没有哭，也没有发抖。我真的进步了，我为我自己的改变感到欣慰。

但她们三个人已经哭到说不出话来。

“不要哭了。”我难过地说，最不想发生的事还是发生了，她们因为我的过去而难过，我好怕她们三个都会变成朱季阳。

“所以你才怕黑？”乐晴哭到流鼻涕。我点了点头。

“所以你才不爱回家？”明怡哽咽地问，我点了点头。

“所以一开始大勇和尚昱只要碰到你，你就会想吐？”依依不敢置信地看着我问，我点了点头。

“你该早点告诉我们的，早一点说，我们可以找更多的方法陪你走出来，而不是什么都不知道，让我们看你孤军奋战，什么都帮不上忙！”依依边哭，边生气地对我说。

“对不起，我以为这辈子我都没有勇气对你们说。”我说。

“那你现在还好吗？”明怡担心地看着我问。

我点了点头，把衣服内的平安符拉出来：“我有它，它会保护我，我不会再中邪了。”

“这是什么？”乐晴问。

我跟她们说了纪东炫送我平安符的事。

乐晴马上打给还在睡觉的大勇：“睡什么睡！叫纪东炫晚上过来吃饭，我要办一大桌请他！”

依依也马上说：“我一到公司就帮他注意工作！”

我很感动，她们则是一脸不舍的神情：“你们别这样看我，能像现在这样，我已经很庆幸了。”

“我现在只想抓到那个王八蛋，切掉他鸡鸡，再把他浸在盐水里，烂人恶心去死吧！”乐晴生气地说。

依依用手肘顶了顶她，示意她不要再说，乐晴发现自己哪壶不开提哪壶，非常歉疚地看着我。

“抓不到了，那时候我才十七岁，我妈很怕我想不开，又怕太多人知道，就没有报警，也没有去医院验伤，我们都只想把消息压下来。”我淡淡地说，而且我也不想看到那个人，我的人生因为他毁了十几年。这些我错过的日子，就算杀了他，也回不来了。

“不要再想了，未来比过去更长，我们好好珍惜以后就好。”明怡擦去眼角的泪水，微笑地对我说。

我点点头。

“你有我们，还有爱妹妹入骨的朱季阳。之前觉得他过度保护，现在觉得刚好而已。立湘，不要忘了，你除了有哥哥，还有我们三个姐姐，谁敢欺负你，你知道他的下场会有多惨吗？”依依咬牙切齿地说。

我点了点头：“我知道，我真的知道。不是少一条腿，就是会断几根手指吧！”

依依很满意地点了点头。

说完之后，我的身体变得好轻，因为我的痛苦被她们分摊，我的心也变得好轻，不用再死守这个秘密，因为她们都知道了，我微笑看着她们为我难过，为我哭泣，这是我人生最美的风景。

谢谢她们，为了她们，我会更努力。

早餐结束后，我帮依依和明怡煮了咖啡，让她们能够带去公司喝。我会的不多，但煮咖啡是强项，因为太常喝，就会变成专家。

明怡接过咖啡，给了我一个拥抱，“我去上班了。”我点了点头，“路上小心。”她伸手摸了摸我的头。

依依从我手上拿了咖啡，也给了我一个拥抱：“如果你现在不怕出门，无聊的时候就来公司找我。”我乖巧地说：“好。”她也伸手摸摸我的头。

送走她们两个，乐晴也准备去早餐店，“要不要去帮忙？”我问。

“你把锅里那碗汤喝了，就是帮忙了。记得找时间去复诊，就是帮忙了。你今天告诉我们这么多事，就是帮了大忙了。”乐晴拿起包包。

我笑了，她也笑了：“我去早餐店了。”

我点头：“生意兴隆。”

我到厨房把碗洗了，再整理一下客厅，回到房间开始工作。突然楼上又出现“砰砰”两声，我直觉地想，这家伙不会又睡在躺椅上了吧！于是放开滑鼠，走到楼上敲门。

纪东炫又一脸睡不醒地出来开门。

我拉开门直接走进去，他跟在我后面喊："哎，你可不可以注意一下，这样随便进单身男子家，你都不会不好意思吗？你不会，我会啊！喂！你要干吗？"

我打开他房间，并没有躺椅，然后转过身问他："为什么又有声音？"

"还不都是你，床单太滑了啊！而且床太舒服，滚一下就掉下来了。"他满脸懊恼地对我说。

我给了他一个笑容，满意地离开。他在我背后生气地说："你真很莫名其妙耶！随便来人家家里，把人家吵醒又跑走。你老实说，你是不是又中邪了，要不要陪你去压惊？朱立湘！"

他怒吼着我名字的同时，门被关上，我微笑走下楼。

没想到，耀然学长站在家门口，我惊讶地看着他，"学长，你怎么来了？"

学长转过身，好奇地问我："你怎么从楼上下来了？"

"有事上去一下。"我说。

学长没有再追问，倒是追究另一件事："耀然。叫我耀然，或者你要叫我亲爱的也可以，对了，那个亲爱的东炫，来电显示名称可以改掉吗？亲爱的是我。”

我朝他微微一笑，没有回答这个问题：“找我有什么事吗？”

“经过附近，打你电话没有接，只好直接上来找你，想带你去吃饭。”他微笑地看着我说。

其实我还有一堆案子在赶，但是为了他的微笑，我决定把工作放在一边。“那你先下楼等我，我整理好马上下来。”

他点了点头，看着我进门后才下楼。

☆ 不是牛仔很忙，是恋爱很忙。

第七章

所谓的隐瞒，
就是天真地认为谎言不会被拆穿

我试着化了点淡妆。朱立湘，从现在开始，要进阶到朱立湘 2.0。但很不熟悉的我，最后还是只能上了点粉底，还擦了点口红。

下了楼，学长正站在大门口等我。

“怎么不在车上等？”中午的太阳是会把人晒晕的。

“想更快看到你。”学长牵起我的手，往停车的方向走去，我顺从地让他牵着。

上了车，他告诉我今天要带我去吃一间非常好吃的意大利面，在他们公司附近，要我可以从现在开始期待。

他开始关心我昨天晚上做了什么，早上做了什么，然后突然问：“对了，我们的事你有没有告诉季阳？”

我对学长摇摇头。

“为什么不让他知道？”他问我，“如果你不知道怎么说，还是我来告诉他？”

“不用，我再找时间告诉他。”我说。

“季阳应该不会阻止我们联络，你不要想太多。”学长乐观地想。

但他不知道这十几年我哥是怎么保护我的。为了不让我想起太多事，他连学长都可以断了联络，不知道为什么，我总有一种哥哥会发火的预感。

一到餐厅，我菜单都还没看完，学长已经把菜点好了。

我们两个话都还没有说到半句，召唤学长的电话又来了。他很不耐烦地说：“不是约了晚上吗？你怎么又让她改到中午？你明明知道我中午有约了。”

我看学长激动的样子，真的很不像他。我认识的他总是不温不火，我一直以为他脾气很好，没想到他脸上会出现烦躁的表情。

“改回晚上啊。这是你特助的工作，不是吗？莹……”学长突然停住，看了我一眼，眼神有点慌张，难道是工作上有什么麻烦了？

他快速地挂掉电话，不停向我道歉：“立湘，真的很抱歉，客户临时改时间，我得回公司了，餐点我请他们打包，然后送你回家。”

“不用了，我可以自己回去。”我笑着告诉他。

“不行，上次让你自己回家，我一直很介意，这次让我送你回去，我坚持。”学长心意已决，我才想点头妥协时，电话又来了，学长生气地接了起来，说了三个字“会尽快”后，就把电话挂了。

“我自己回去，我坚持。”我对学长说。他看我也没有打算让步，便点了点头，要我回到家打个电话给他，才离开。

等了二十分钟，外带的餐点才好。我提着一堆食物走出餐厅，准备往公车站走去，眼角瞟到一个拿着两杯咖啡的女人，我抬起头看，没想到又是莹莹。

她踩着高跟鞋从我面前经过，我们再一次四目相接。她很快撇过头，但我百分之百确认她就是莹莹，为什么她要假装不认识我？

纪东炫那句“我的智商不是拿来胡思乱想用的，有时间在那里猜，不如直接问”闪过我的脑海。

我往她的方向跑去。但跑起来脚趾仍然有点痛，很可惜的，她就又一次从我的眼前消失。太久没有跑步，我还差点一口气喘不上来。

没有得到答案，我只好失落地走回公车站，这次我并没有直接回家，而是走上楼，再一次敲纪东炫的门。

他戴着耳机探出头，看到我，一脸惊恐：“你又要干吗？”

“吃饭没？要不要吃意大利面？”我摇了摇手上的袋子。

他犹豫着，我准备转身就走，他马上把门打开：“等一下！先说好，不是吃了这顿，就欠你人情，然后要我去工作吧？还是你又买了什么碎花的洋装要给我穿？”

“你想太多了。”我没好气地说。

“我过去就是想太少。”他反驳。

“吃不吃？”现在没心情跟他在这里想太多或想太少，我脑子里的东西已经够我烦了。

他马上开门让我进去，跟在我后头：“其实你不用对我太好，真的，刚刚好就好。”

一进客厅，看到凌乱的环境，我忍不住摇了摇头：“你看！连张像样的吃饭桌子也没有。”

他马上恐慌地说：“有，我有，你不要买。”然后跑到另一间房间，拿了张小折叠桌出来，快速打开放到客厅的角落，接着又拿来两张小椅子，着急地对我说：“连椅子都有，不用买，谢谢！”

我把外带的食物放在折叠桌上，陪着他一起吃面：“你可以细嚼慢咽吗？”我才吃了几口意大利面，他那碗已经快吃完了。

“不可以。”他说，快速解决眼前的食物。

算我白问。

他只花五分钟，就吃完了一份意大利面，一块六寸比萨，一份凯撒沙拉，还有六块鸡翅。我看他饿成这样，只好出声问他：“这里还有面，你要吃吗？”

他二话不说接过我的面，直接拿我的叉子，就吃了起来，“有我的口水。”我说。

“中邪是不会经过唾液传染的，我放心。”他说。

“你今天都没有出去吃饭吗？”我问。

“懒，所以最好一餐吃完抵三餐。”那盒面又被他解决了，难怪他要吃得这么多。

吃完，他快速地收拾所有垃圾，还做了分类。接着又回到自己的位置，“你自己玩，我不招呼你了。”然后戴上耳机，拿了键盘和滑鼠快速地按着敲着。

我看着他专注的表情，忍不住叹一口气，如果这种认真不是用在打电游上，而是专心工作，那他一定可以赚很多钱。

他眼神仍然放在那台超大屏幕上，却开口对我说：“叹什么气！不要觉得没工作就没有未来好吗？人的价值是取决于自己活得快不快乐，而不是做了什么工作。”

我看着纪东炫，他看起来的确很快乐。

“二十一世纪了，你脑子先进一点好吗？不然很快就被社会淘汰了。不要老是你为我好，我也会为你好啊，拜托你，做个陪我走在时代尖端的人，不然我一个人很寂寞。”他脸不红气不喘，但这句话真的多了。

为什么我拿面给他吃，还要听他揶揄我？我缓缓站起身，走到前面，关掉了他的屏幕，他崩溃地朝我大喊：“你干吗！”

他用快哭了的表情看我：“你给我说清楚！我都快赢了！”

我没理他，开门走出去。“朱立湘，我要跟你绝交。”他继续大吼。

我这么做是有苦衷的，既然他走在前面太寂寞，那不如和我一起走在后面，人多有个伴。

回到家，我换掉衣服，开始继续工作。投入设计的世界是很让人兴奋的，当我设计出一样商品，就像创造出一个小世界一样，是会让人热血沸腾的。

当我告一段落时，已经晚上六点半了。我紧张地走出房间，明怡正在厨房帮乐晴，尚昱哥陪着依依正在摆碗筷。我走进厨房问乐晴：“怎么没叫我帮忙？”然后转过头问依依和明怡：“你们都回来啦？”

她们三个转过头看我，然后叹了口气，又继续她们手上的工作。我有点莫名其妙，站在原地，觉得无助。

乐晴先转头告诉我：“我明明就端了鸡脚汤给你喝完，还叫你专心工作就好，你忘了吗？”

有吗？

“我一回家就先去你房间跟你请安，你也忘了吗？”依依看了我一眼。

有吗？

“我还拿了你订的杂志去你房间给你，你也忘了吗？”明怡看着我，担心地问。

我干笑两声，真的没有印象。

“下次不准再叫她专心工作，专心到忘我了！”依依没好气地说着。

我赶紧走到她旁边，接下她手上的工作：“现在赎罪是没用的，眼里都没我们了。”依依捏着我的脸。

“我有你！”尚昱哥在一旁喊。

“你再说，这牛肉火锅就会往你身上泼过去了。”乐晴端着火锅威胁尚昱哥，吓得他马上跑到客厅。

门铃响了，先是大勇带纪东炫进来，乐晴、依依、明怡三个人热情地迎接他。乐晴送茶水，依依递拖鞋，明怡拉椅子，吓得纪东炫想要跑走：“你们都被朱立湘传染了吗？好恐怖！我要回家。”

她们是为了我，才对纪东炫这么好的，因为他对我好。我看着他，忍不住笑了，纪东炫刚好抬起头来看我，看到我在笑，淡淡地用唇语回了我一句：“笑屁。”

然后我笑得更开心，下午关他屏幕，竟然可以让他气这么久。

大伙在笑闹时，门铃又响了。大勇去开门，我哥走了进来。

“今天这么热闹，乐晴，我可以来让你养一顿吗？”哥哥笑着对大家说。

“有什么问题，就跟你说了，有空随时都可以来吃饭！”乐晴豪气地说。

我帮哥哥加了副碗筷，他坐在我旁边，目光继续打量纪东炫，“哥，你干吗一直盯着他看？”我低声说。

“觉得他能打入你们的生活，不是个简单的人物。”哥哥小声回应我，我笑了，也认同地点点头。

乐晴夹了好多牛肉到纪东炫碗里：“多吃一点。”

“为什么我没有？”大勇有点吃醋地说。

“要吃不会自己夹吗？人家是客人耶！”乐晴念着大勇，大勇一脸委屈。

我笑着帮大勇夹了几块牛肉，尚昱哥吃醋地说：“为什么我没有，立湘你偏心喔！”我也赶紧帮尚昱哥夹了几块。

正准备夹乐晴做的蛋饺给纪东炫吃吃看，他抬起头对我说：“不要夹给我，我们绝交了。”

我没有理他，蛋饺一样丢在他碗里。

依依担心地问：“发生了什么事吗？”

“她下午关我屏幕耶！直接关掉耶，我都快要赢了！她就这样关掉耶，怎么可以这样对我，算什么朋友？”纪东炫说得好像我撕掉他中了两百万的乐透一样。

大勇倒抽了一口气："天啊！立湘，你变了，你以前不是这种人，你这样对阿炫真的很过分耶。"

"是不是？"纪东炫找到同伙，两人惺惺相惜。

"上次乐晴还把我的摇杆刮花。"大勇也顺便抱怨。

"我的妈啊！你一定很难过。"纪东炫拍着大勇的肩，安慰他，两个人差一点就抱头痛哭。

我正想给纪东炫一点颜色瞧瞧时，门铃又响了。

"哭完了就去开门。"乐晴对大勇下指令，大勇只好收起委屈，起身往门口走去。

"今天是什么日子，这么热闹？"尚昱哥笑着说。

乐晴、依依、明怡三个人同时说："好日子。"我微笑地看着她们。

哥哥在我耳旁问："发生什么好事了吗？"

我转过头看哥哥，低声对他说："我告诉她们了，全部的事。"

哥哥很惊讶，然后看着她们三个人。他们很有默契地眼神交流，哥哥欣慰地握着我的手，我对他笑了。

我看着纪东炫，他眼角也带着浅浅笑意，关他什么事？他知道我们在笑什么吗?

大勇一脸疑惑地走进来对大家说:“有人说要找立湘,说是立湘的朋友。但我说他搞错了,我们立湘没有朋友。”

我在好奇之余,还忍不住苦笑。

“人咧?”乐晴问。

“还在门口,他很坚持要找立湘。”大勇指着大门。

我起身,有一种不好的预感。大家也跟着我起身,我走到客厅,看见耀然学长站在门口,吓了好大一跳,然后开始怀疑,今天真的是好日子吗?

“你怎么来了?”我惊讶地问。

“因为你手机又没接,我很担心你,不知道你有没有到家。”学长说着,我想起中午离开前和他的约定。下午忙着工作,完全忘记了。

“那不是相片里的那个学长吗?”乐晴惊呼。

我转过头,马上找寻哥哥的身影,担心地看着他,他表情复杂地看着耀然学长,然后再转过头看我。我有点心虚地低下头,学长对哥哥点头打了招呼。

一群人又回到餐桌上,不同的是多了耀然学长。哥哥先开口介绍耀然学长，“我的高中同学，简耀然。”

“季阳的高中同学，为什么是来找立湘啊？”大勇好奇地问，被乐晴捂住嘴巴。

餐桌上弥漫一股尴尬的气氛。唯一如常的人只有纪东炫，他依然自顾自吃着。

“立湘让我们看过你的照片，跟以前差不多，没变多少。”依依试着化解尴尬，我感谢地看着她。

耀然学长坐在我和哥哥对面，他和哥哥对看着。我的手心开始冒汗，不知道接下来会发生什么事。

“大家吃饭，我今天准备了很多。”乐晴喊着大家吃饭。

我筷子才刚拿起来，耀然学长却开口对哥哥说：“季阳，我爱立湘，我想和她在一起。”

我手一松，筷子掉了。

大家才刚拿起的筷子，又默默放下。

我感觉到哥哥全身紧绷，安静到我能听见时钟秒针滴答的声音。没有人敢开口说话，我连喘气都觉得害怕，不知道哥哥会有什么反应，我好担心。

结果哥哥突然起身，对大家说："我事务所还有事，先回去了。"

我起身陪着哥哥走到门口，他一脸严肃地看着我，想对我说些什么，又不知道该说什么，最后无奈地转身离去。

看着哥哥的背影，我觉得好心疼，我又要让他担心了。

回到餐桌上，学长和大家已经聊开了，只有一个人一句话都没说，不停埋头苦吃。

"吃慢点。"我忍不住对他说，我不想他噎死在这里。

"我不要，而且我今天跟你绝交了，你不要管我。"他还在闹脾气，不过就是关个屏幕，人家乐晴都是直接拔电源耶。

我也火大了，生气地捡起地上的筷子，夹了一堆东西丢到他碗里，"好！吃快一点，有本事三秒吃完。"

他"哼"了我一声。

乐晴看着大勇："原本以为你很幼稚了，现在还有人赢你，我真的感谢上帝。"

我懒得再理纪东炫，回过头看到学长正注视着我。我低下头回避他的眼神，还不知道怎么面对他的突然来访，我已经没有食欲了。

心里想的都是刚刚离去的哥哥，不知道他会不会在车上猛敲方向盘。

其实看到耀然学长和大家聊得这么开心，我也很高兴，矛盾的心情不断反复。两个小时后，她们总算愿意放过学长让他离开，我陪学长下楼，他要牵我的手，但我躲开了。

“立湘……”

我叹了口气，不知道该说什么。

学长也很无奈：“我知道我今天是有点冲动，但是今天不告诉季阳，我早晚也是会告诉他。我知道你的心情，我会找时间和季阳谈，你不要担心。”

“我去说就好。”我急忙说。是我要先向哥哥坦诚的。

学长把我拥入怀中：“对不起，又造成你的困扰。”他轻拍着我的背，想要给我一点力量。

我轻轻推开他，在哥哥还没有赞成之前，老实说，我很有罪恶感：“很晚了，你赶快回去休息。”

“那个留着胡子的男人，就是你手机里那个亲爱的东炫？我听大勇叫他阿炫。”学长突然问。

我点头。

“他是谁？都不讲话的。”

“楼上邻居。”我说。

“你和他感情很好？”

“大家感情都很好。”我现在其实没有心情回答这些问题。

“但你和他看起来特别亲密。”他继续说。

“大家都很亲密。你快回去吧，很晚了，我也有点累了。”我不想再回答这些问题，对我来说很没必要。

学长无奈地看着我对他下逐客令，也只能点点头说：“好吧，你也早点休息，我会想你的。”

我微笑着送他上车，但他一离开，我就笑不出来了。我们两个人的感情路，到底该怎么走？

我叹了口气，转身打开大门，纪东炫正坐在楼梯上。我又被他吓一跳，“你又来了，吓死我了。”

“怎样？自己胆小还怪我咧，我吃太饱了，不能走楼梯当运动吗？”他起身踩着楼梯上上下下。

我没理他，自己先上楼，他跟在我后面。我打开门走进屋里，看到他站在门外，本来想叫他早点睡，结果倒是他先开口：“不要跟我说话，我们绝交了，你自己早点睡就好，不要管我。”

我生气地关上门，走进客厅。

她们看到我回来，开始七嘴八舌地称赞耀然学长，还逼我说出两人重逢的经过。三个人同时攻击我，我无法抵抗，只好和盘托出。

“太浪漫了，相隔十几年的重逢。”乐晴开心地说。

“重点是他还爱你那么久，好感人喔！”依依也附和着。尚昱哥不以为然：“我也爱你很久啊！你怎么都不觉得感人？”

依依看了他一眼：“你也该回家了。”

尚昱哥生气地坐到地上陪大勇打电游。

明怡见我苦着一张脸，摸摸我的头说：“慢慢来就好，不要急，也不要担心季阳。因为你是他最爱的妹妹，所以他一定要烦恼得比较多，但只要你开心，我想他一定都会赞成的。”

“对啊，不用担心，我看那个学长真的很不错，两个人隔了那么久还能再相遇，也都是老天爷的安排。”乐晴接着说。

“也没有那么好吧！唇红齿白，感觉蛮花心的。”大勇打着电游，随口附和，三秒后电源全灭。乐晴手里拿着电源线，对大勇说：“你给我回家睡觉。”

大勇难过地跑出去，尚昱哥也跟着走了，他怕大勇想不开。

家里变得好安静，依依拍了拍我的肩："去洗个澡，什么都不要想，然后好好地睡上一觉。"

"好。"我现在很需要。

洗完澡，我从包包里拿出手机，看到下午的好几通未接来电，还有耀然学长刚传来的信息："我到家了，睡了吗？"

我没有回答。

现在的我，只要跟耀然学长再有互动，心里面就多了一份罪恶感。我把手机关机，躺回床上，瞪着明亮的日光灯失眠了一个晚上。

隔天早上，明怡和依依去上班，乐晴去早餐店后，我换了衣服，决定去找哥哥谈，再这样下去也不是办法。

我挂着黑眼圈下楼，纪东炫刚好上楼，看到我吓了好大一跳："我的天啊！我们公寓什么时候养了中国国宝啊？"

我没理他，越过他继续下楼。

"去哪？"他在上头喊着。

"我们不是绝交了？"我说着。

"只有昨天啊！"他继续喊，我被他的赖皮逗笑了。纪东炫虽然很烦，但他总是能让我心情放松，他是我的心情松弛剂。

坐在公车上，虽然我一直思考着要怎么对哥哥说，但直到站在他们公司门口的那一刻，脑子还是一片空白。

柜台人员已经知道我是谁，战战兢兢地招呼我。我坐在会议室等着，面前有咖啡，还有点心，VIP 等级。

没多久后，哥哥走了进来。我读不出他脸上的表情，他拉出我旁边的椅子坐下，时间就在这里静止，我们各有心事，谁都不知道要怎么先开口。

不知道过了多久，我鼓起勇气解释："我不是故意瞒你的。"

"我知道。"哥哥很快地回答我，"因为我清楚你的个性，知道你会挣扎，所以我没有办法生气。"

我感动地看着哥哥，然后诚实地把我和耀然学长的事告诉他。他听着我说，一下皱眉，一下表情凝重。

他的反应，让我好几次几乎要放弃说下去。

好不容易说完，他抬起头看我，我等待他的回应，却只换来他一声重重的叹气，过了很久他才开口说话。

"我知道你很爱耀然，能够再遇到他，能够得到他的爱，身为哥哥的我，原本为你开心都来不及了，但是现在我真的没办法。”哥哥这么说，我心里一沉。

他继续说：“看到你能再爱一个人，我真的很开心，但我多希望那个人是别人，是不知道那件事的人，而不是耀然。对我来说，不是陪你走过那段过去的人适合你，而是什么都不知道，可以对你完全付出，给你未来的人，才适合你。”

“很多事讲起来都很简单，感情好的时候，什么都可以不介意，但现实是，感情再好的人都有吵架的时候，我担心旧事重提，只会让你受到更大的伤害。”

我知道哥哥担心的是什么。

“不会的，你认识耀然学长比我久，你知道他不是这样的人。”我说。

“都过了十几年，我真的不知道现在的他是什么样的人，时间会改变很多事，我不能保证他不会变。”哥哥担心地看着我。

“可是我相信他。”我坚定地说。

哥哥仍然看着我，一语不发，我也看着他，不再躲避他的眼神。最后他伸出手抱着我，在我耳旁说：“你真的确定吗？”

我点了点头。

“我好怕你再受伤，你经不起，我也经不起。好不容易走到现在，我希望你有的是一个全新的开始，不要再去接触那些过去。”

我拍着哥哥的背，开口安抚他：“我不知道我会不会再受伤，但哥，我不想再错过了。”

哥哥叹了口气：“我真的无法支持你，但如果你真的要这样做，我也只能保护你，这么多年，能让你开心的事，我都无法说不，即便我知道你有可能受到伤害，我也很难说不，因为我想看到你笑，看到你快乐。”

我看着哥哥，开心地笑了出来。

哥哥神情沉重地推开了我，警告我：“如果耀然让你伤心，我不会放过他的。快走，在我反悔之前，快奔向他身边，不然我不知道自己什么时候会后悔。”

我感动地看着他：“哥，谢谢你。”

“快走！”哥哥转过头去不看我，我知道这个决定对他来说很不容易。

我拿了包包，站起身，从背后拥抱了哥哥，轻声对他说：“下辈子，还要当你的妹妹。”然后往门口跑去，此时此刻，我只想看到耀然学长，紧紧抱住他，然后威胁他，如果没有好好照顾我，会死得很难看。

我打开门，哥哥在我背后生气地吼：“下辈子，我要当你儿子，气死你！”

我开心地离开哥哥公司，边走边打电话给学长，响了很久才被接起来，“您好，总监现在很忙，有事要请你先留言。”

这声音太过熟悉，我愣住，思考着这是谁的声音。

“喂？喂？”对方再喂了两声，过了一会儿没得到回应，便挂掉电话。

我回过神，不想浪费时间想这是谁的声音。我直接伸手招了计程车，说了耀然学长的公司地址。很久没有搭计程车，因为我害怕和陌生男子独处。原本会心慌的我，现在整颗心都在耀然学长身上，没空紧张。

到了他们公司楼下，我的手机刚好响了，是耀然学长。

“怎么啦？”他问着。

“你在哪？我有事要跟你说。”

“你们公司楼下。”

他着急地回答，“我马上下去！”

三分钟后，耀然学长从大楼门口出来，微笑地走向我，我开心地冲向前抱住他。

他愣了一下，也抱住了我：“发生了什么事？这么开心？”

我正要开口，有一道女声打断了我们：“总监，厂商来了，正在楼上等您。”

我赶紧放开学长，往后退了一步。抬起头一看，发现站在学长身旁的女人竟然是莹莹，她踩着那天我看过的高跟鞋，礼貌又专业地拿着记事本，看着耀然学长。而学长的表情有点慌张。

我被这一幕搞糊涂了。

为什么莹莹在学长身边工作，学长却从未告诉我这件事。他明明知道我跟莹莹是好朋友，而学长遇到我，也没有告诉莹莹吗？

我看着学长，期待他给我一个合理的说法时，莹莹突然转过头看我，一脸惊讶地大声喊着：“天啊！这不是立湘吗？”然后冲过来抱住我，哽咽着说：“立湘，你去哪里了，怎么都没有跟我们联络，我好想你啊！”

我被莹莹抱着。现在的我，应该要沉浸在和她的重逢的喜悦里，但我没有，我心里有好多的疑问。对学长的、对她的。那天她明明就看到我了，为什么要假装不认识？

太多的疑惑，让我开心不起来。

莹莹看着我，流下了眼泪，难过地对我说："我每次打电话去你家，你家的人都说你不在。你知道你休学后，我跟智维有多难过吗？三剑客少一个，都没有威力了。去年，我还打过电话去你家找你，但伯母说你在国外。你到底去了哪里？难道是为了那件事，要避开我们吗？"

听到她说出那件事，我心跳暂停了一秒，学长焦急地吼了一声："莹莹！"

莹莹马上跟我道歉："对不起，立湘，我乱说话你不要怪我，我真的太想你了。"她转过身怪学长："学长，你真的很过分，找到立湘也不跟我说，明明知道我很想她。"

我抬头看学长，他走到我面前，温柔地解释着："我是想等你心情稳定一点，再让你们见面。"

我不知道该不该相信他的说法。

“学长，你这就不对了，我和立湘是好朋友，她见到我，心情就会稳定的。立湘，你说是不是？”莹莹擦去泪水，开心地摇着我的手。

看到她这么开心，我也给了她一个微笑，即使我现在还是对这一切感到很不解。

“你知道吗？智维三年前结婚了，小孩都两岁了，上个月我们才一起吃过饭。”莹莹继续对我说。

“真的吗？”听到智维结婚生子，我也只能先放下所有的疑惑，为他感到高兴。那时候我们都打赌，智维一定是最早结婚的人，他还嘴硬说他是单身主义，还最讨厌小孩，没想到岁月总是不停推翻我们。

“真的，还是双胞胎。我们约一天一起吃饭好吗？”莹莹兴奋地提议着。

我也用力地点了点头，好想念三个人一起吃饭的时光。

“改天再叙旧，客户不是还在楼上吗？”学长笑着对我们说。

“对喔！那我先上去招呼客户，学长，不，总监，麻烦您尽快到楼上来。”莹莹对学长说完后，转过身又给了我一个拥抱，开心地说：“能再见面真的好棒！你不可以再消失了喔。”

我也抱着莹莹："不会了。"给了她承诺。

莹莹上楼之后，学长有点担心地问："开心吗？心情还好吗？"

我点了点头："我很好。"

他伸出手把我拉入怀中，摸着我的头："真好，还好你没事。我常常都在想着要怎么让你们见面，就是担心你的状况。幸好看到你这么开心笑着，让我觉得好幸福。"

我抱着学长，幸福里面，掺杂着说不上来的不安。

学长突然轻声问："你要跟我说什么事？"

"没什么，你先上去忙，改天再说。"我放开他。

他交代我回家要小心，然后才离开。不知道为什么，那种怪异的心情，还是没有被见到莹莹的惊喜盖过，回家的路上，我仍然在想着那些无法解释的疑点。

我失神地做着每一件事。

"朱立湘，你的面都要吃到鼻孔了。"乐晴喊了我的名字。

"啊？"我不知道她后面说了什么。

"啊什么啊，专心吃面。"乐晴摇摇头。

今天晚上又来蹭饭的纪东炫，把播放着《心经》的手机放到我旁边，我瞪了他一眼，他无辜地说："我为你好耶！你三魂七魄都飞光了，听点《心经》安定心神啊！"

"还在担心季阳？"明怡问。

"没有，我和我哥没事。"我说。

"那你今天怎么会那么失神？"依依问着。

"可能是昨天晚上没有睡好吧！"这是真的，因为担心哥哥，昨天晚上我可是失眠一个晚上。

"那等会儿吃饱赶快去休息。"依依叮咛着。

"好。"我加快吃面的速度，但仍比不上已经吃了三碗的纪东炫。

饭吃到一半，大家纷纷离席。敬磊哥刚回国，把明怡叫了出去，而尚昱哥车子抛锚，依依也出去拯救他，原本下午该送到早餐店的鸡蛋，刚刚打电话来说正在早餐店门口，大勇陪着乐晴过去处理。

家里只剩下我和纪东炫，我伸手把他手机还播着的《心经》关掉，他一副我不识好歹的样子看着我。吃完饭，我走到流理台洗碗，他走到我旁边："你可以去睡觉吗？这个碗被你洗了三分钟，它很痛！"

我转过头看着他，他伸手拿过我手上的碗，然后把我推到一旁，"去睡觉啦，整个晚上像行尸走肉一样，难道你又……"他瞪大眼睛看我。

“没中邪啦！”我解释。

他一脸不相信地转过头去洗碗：“就跟你说了，有事就直接问，干吗自己一个人胡思乱想？你最近没有案子吗？太闲了？”

“我很忙。”我说，然后看着纪东炫，叹了口气，“那我问你，如果你很要好的高中同学，之前在路上遇见，明明就看到你了，但是一直假装不认识，今天又突然热情地跟你相认，你不会觉得很奇怪吗？”

“会啊！超怪的。她是那天没带眼睛出来，还是把记性放在家里，忘了带出门吗？”他附和着，但他声音有点浮夸，我有点生气地看着他。

他感受到我的敌意，很正经地说：“还是她中邪了，不然我给你的护身符借她戴！”

我不要。

觉得自己一定是疯了，才想和他讨论正经事。

我决定去洗澡睡觉。转身准备离开时，他在后头对我喊着：“我是说真的！反反复复真的很奇怪，最好搞清楚到底为什么，不然我觉得你可能这两天都会有黑眼圈！”

纪东炫说得没有错，不只是上次，第一次遇到她，她就看到我了。

受过伤的人，总是会比平常人敏感。也因为害怕受伤，我们总是很容易筑起防护机制，我们的刺不是要害别人受伤，只是为了保护自己而已。

回到房间，电话响了，是陌生的号码。我不知道该不该接，但它不停地响着。我输给了来电的人的坚持，接了起来，莹莹的声音传了过来。

“立湘吗？”莹莹不确定地问着。

“嗯，莹莹吗？”

“没错，是我！可恶的学长，不肯给我你的号码，还是我打去问吴经理才问到的。我跟你说，我约了智维这星期六晚上吃饭，我没跟他说我遇见你了，打算给他一个大惊喜，这时间你可以吗？”

“应该可以。”以前不敢晚上出去，但现在我觉得没问题。

“太好了！智维一定会很开心。”莹莹兴奋地说着。

但我还挂念着一件事，于是我开口问了：“莹莹，我有事想问你。”

“好啊，什么事？”

“其实我在路上遇见你两次，但你都看了我一眼就走了。上次我追过去想要找你，但你不见了，你那时候没有认出我吗？”我说出了我的疑惑。

莹莹在电话那头顿了一下，接着笑着说：“有吗？我真的没有印象，可能我近视又加重了，最近远一点的字我都看不清楚了。都是学长啦！工作要求超高的。”

原来是这样，我笑了笑：“没想到你跟学长在一起工作。”

“我就倒霉啊！后来大学又跟他同一所。他只念了两年就出国进修，回来后，说要自己创业，结果太容易相信别人，被客户骗了一百万，他身旁没有可以相信的人，我只好跳下去帮他。结果这么一做，又是六七年过去了。”莹莹说着过去，我很羡慕她。

如果那时候我也在学长身边的话……

“辛苦你了。”我说。

“还好啦。倒是你怎么和学长又联系上的，你该不会追到学长了吧！”莹莹八卦地说。

“没有啦！”我急忙否认。但我其实不知道自己为什么要否认，可能是我想等稳定一点再告诉她吧！我自己安慰自己，合理化自己不正常的回应。

“那我们星期六见啰！”她期待地说。

“好。”我回答着。

挂上电话，我心情轻松地走出房间准备去洗澡，纪东炫还坐在客厅玩手机。

“你怎么还没有回去？”我问。

“就懒得动啊！”他玩着游戏，回答我的时候连头都没有抬起来，“你快去洗澡睡觉啦！刚刚都在里面磨什么啊？都几点了，你看看！”

他什么时候变我爸了。

我没理他，走进浴室洗澡，再次出来时，只有乐晴和大勇在客厅里吃着水果。

“他回去了？”我问。

乐晴点点头：“我们一回来他就走了，纪东炫看起来有点吊儿郎当，但其实蛮贴心的。怕你自己一个人在家会怕，还留到这么晚。”

我对纪式风格的体贴笑了笑，走回房间，躺在床上。看着明亮的天花板，我突然起身，想改变一下。于是走到开关旁，试着先关掉一半的灯，房间里暗了一点，我再关掉一盏，房间里只有昏黄的光线。

我鼓起勇气，把最后一盏给关掉，整个房间陷入黑暗。我马上再打开刚刚那盏黄灯，走回床上躺下。

这是我目前可以做到的程度，至少现在只要留一盏灯就好。至于适应黑暗，我想得再过一阵子。

虽然不知道还要多久。

但能够到现在这样，我已经很满足开心。

加油吧，朱立湘，你正在康复的路上走着。想着哥哥，想着乐晴、依依、明怡，想着学长，想着纪……好，不用想他，想到我还有他们，我开始知道，什么叫作乐观。

☆ 总是会在艰难的时刻，发现自己并不孤单。

第八章

所谓的真实，

是只要你相信了，就都是真的

好心情让我一睡就睡得好沉。睡梦中，我听到电话铃声不停响着，但眼皮就是好难睁开。可是电话铃声也非常努力，它成功地让我睁开了眼皮。最后，我用力坐起身，下床去接电话。

乐晴的声音着急地从电话那头传来："立湘，不好意思，我知道你在睡觉，但我们家工读生妹妹，不小心接太多订单，我现在这里有五百份的早餐需要帮忙，你可以过来吗？"

"没问题。"我说着，马上挂掉电话，随便换了身衣服就赶紧下楼。

"去哪？"纪东炫的声音在我身后响起。

我头也没回地说："早餐店！"然后快步走着。

"我也刚好要去吃早餐。"他说。

我回过头对着他笑，拉着他快速往早餐店前进，"干吗那么着急啦！是有多想要请客！”他开玩笑地说。

“随便你吃。”我说。

纪东炫眼睛一亮，走在我前面，兴奋得像个孩子。我真心希望他等一下还能有这么开朗的笑容。

到了店里，等待买早餐的队伍排得好长，乐晴正在柜台结账，两个工读生妹妹苦着脸，好像世界末日快要到了。

乐晴看到我来，一脸感动，我笑着对她说：“纪东炫说他也可以帮忙。”

“真的吗，太好了！等一下看你要吃什么，随便点，我请客！”乐晴开心地拍拍纪东炫的背。

他瞪了我一眼，我微笑地看着他，然后把他推到工作台前，递了一件围裙给他。他生气地接过去，然后对我说：“我要跟你绝交。”

我笑了笑回答：“好。”

他火大地拿起吐司，照着乐晴的指示，开始做客人要的口味，边做边瞪我。但我不会怪他。

接下来就进入忙乱的悲惨世界，从我们一进到店里，手和嘴巴都没有停过。手不停地涂果酱、煎蛋、做三明治，嘴巴不停地向客人道歉。

“先生，我的汉堡加蛋等很久了，搞什么啊？我上班都要迟到了！”客人抱怨着。

纪东炫深呼吸了一口气，勉强自己笑着回答：“马上就好啰！”接着转身到我旁边对我发脾气。

“朱立湘，你卑鄙！”

“朱立湘，你无耻！”

“朱立湘，你下流！”

回应他的，都是我甜美的微笑。但他每次一看到，都会让他气得差点把吐司给涂破。我也是用心良苦，他每天在家都在打电游，今天有机会让他活动一下筋骨，他没谢我就算了，还一直骂我。

好不容易把五百份订餐做完，再加上现场的人潮散去，已经快十一点了。纪东炫虚脱地趴在桌上，不过就是几百份早餐，又没有叫他去打仗，不知道在累什么。

“要吃什么？”我问他。

他生气地看着我：“我今天跟你绝交，你忘了吗？”然后转过头去告诉乐晴：“最贵的都给我来一份打包。”

乐晴笑了笑，对工读生妹妹说：“有没有听到？”

工读生妹妹两个人不知所措，我笑着走过去帮她们，依照纪东炫的食量，再加上他刚刚消耗的热量，我帮他做了四个不同口味的汉堡，还有三种不同口味的蛋饼，再加上萝卜糕和煎饺，配上奶茶。

分量够让他今天不用出门了。

我把手上的袋子递给他，他生气地接过去，拆开一个汉堡就开始吃。

“你不吃一点吗？”乐晴问。

“我没胃口。”做了几百份早餐，现在再看到汉堡，我只想要反胃，完全没食欲。

“辛苦你了，还把你挖起床，你赶快回去再睡一下。”乐晴摸了摸我的头。

“好。”我的确很需要再睡一下。

我走出店外，听到乐晴问纪东炫：“你不陪立湘回去吗？”

“她都几岁的人了，还要人陪？”纪东炫回答。

结果不到十秒，他已经走在我旁边，但离我很远，拿着汉堡边走边吃。

我笑着看着他，“还要气多久？”

他没看我：“一万年。”

“那我真荣幸，可以让你气一万年。”

纪东炫总算转过头看我：“我发现你不再中邪之后，真的变得很可怕耶，伶牙俐齿，怎样都讲不过你。”

“我本来就伶牙俐齿。”只是恢复实力而已。

纪东炫又开始讲不过我，只能瞪我一眼，转过头去看着前方，边走边说：“我不想跟你讲话，我今天跟你绝交。”

胜利的感觉真好。

我故意往他的方向靠过去，他把我推开，我再靠过去，在他旁边说：“干吗这样，你三岁喔？”

他再次把我推开：“走开啦！男女授受不亲的！”

我再重复一次，这次勾着他的手问：“还是你五岁？”

他马上把我的手拿开，又伸手把我推走：“离我远一点啦！不要降低我的行情，我在这个社区可是有‘小金城武’之称，你这样害我让别人误会怎么办？”

听到“小金城武”四个字，我忍不住大笑。

纪东炫生气地看我："笑成这样很过分喔！快跟我道歉！"

我笑着摇摇头，他才要跟全社区的人道歉，这样污辱他们的智商。

"快道歉喔！不然我连明天都跟你绝交。"他威胁我。

我边笑边往前走："我不要，你连后天都可以跟我绝交。"

纪东炫从后头冲了过来，恼羞成怒地伸出手勾住我的脖子："快道歉喔！"

"我不要！"我要拉开他的手，才发现耀然学长就站在前方，顿时我全身都僵住了，因为耀然学长的眼神锐利得让我有点害怕。

纪东炫发现我"冻"住了，也往前看。发现耀然学长，他松开手，接着生气地对我说："不要忘了，我跟你绝交到后天！"然后向学长点头打招呼，快速离开。

"怎么来了？"我有点提心吊胆。

纪东炫离开后，学长的眼神马上变得柔和，走到我面前来，轻轻拥我入怀，小声地对我说："因为想你。"

我也伸出手抱着他。

被想念的感觉，真好。

结束了拥抱，耀然学长带我去吃东西。我们到了一间北方面食馆，服务生拿了菜单让我们看，我正打算要接过来时，学长先开口了："两碗干的榨菜肉丝面，两碗馄饨汤，一份综合卤味。"

然后对我说："这里的榨菜肉丝面最好吃。"

"嗯。"我点了点头，但是我最讨厌榨菜。

"你说那个楼上邻居，是最近搬过去的？"耀然学长突然提到了纪东炫。

"对，两个多月前。"

"他单身吗？"学长擦好筷子递给我。

我接了过来："应该是。"

"你是有男朋友的人，应该要跟单身的异性尽量保持些距离吧？"学长突然严肃地看着我说。

他的眼神让我压力很大，不知道怎么回答。

"立湘，我不会限制你的交友，越多人照顾你，我越开心。可是，只是朋友的话，还是不要太过亲密比较好。看到你们这么要好，老实说我有点吃醋。"学长放软了语调，承认自己的不安。

以前总是看起来很酷的学长，竟然会因为我露出这样的表情。

他的坦诚，让我妥协。

“我会注意的。”我说。

学长恢复了笑容，叹了口气说：“我很羡慕他。”

“为什么？”

“因为你在他面前很放松，一点都不拘束。”学长哀怨地看着我。

老实说，我也不知道自己可以这样跟纪东炫玩闹，甚至有肢体上的接触也一点都不会觉得不舒服。纪东炫总是可以让我很安心，他总是能够轻易转移我的悲伤，讲些很白痴但又很好笑的话，他的乐观总是可以带着我，让我更好。

我想着他，微笑地回答：“我在谁面前都一样。”

学长摇了摇头，“不一样，你看你。”他指了指我端正的坐姿。

我恍然大悟，笑着对他说：“那是因为我想在你面前保持形象啊！”

“不需要，在我面前，你可以完全做你自己，我喜欢你自在地和我相处，毕竟接下来是一辈子的事情，是不是？以后我们结婚……”学长兴奋地说着。

他的话让我感动却又心情沉重，我现在还没有想过一辈子的事。

幸好餐点上了，我不用再去想要怎么回答。

我很感恩地吃着我最不喜欢的榨菜，听学长说公司的事。吃饱之后，学长还说要去走走，但我还有案子在赶，他只好开车送我回家。

“对了，下星期有新产品的合作餐会，一起去。”学长开着车，转过头，很期待地对我说。

那天收到吴经理寄来的邀请函，我已经回 E-mail 拒绝了，“不了，我讨厌人多的地方。”我说。

“你是设计师，怎么可以不出现？”

“我一向不出席聚会的。”

“这次产品对公司有很大的意义，我们投注在上面的心血非常多，业界也对你很好奇。而且，我想趁这次机会让大家知道我们在交往。”学长说着他的打算。

“可以不要吗？”我有点喘不过气来。

“为什么？只是出席一下。”学长不能理解我的坚持。

“我真的不喜欢去人多的地方，而且在大家面前公开恋情，并没有必要，在一起是我们两个人的事，不是吗？”我很喜欢学长，但我有我的原则。

学长的脸色变得难看，我们在车上僵持了一阵子，他才说："好吧！我不勉强你，早点休息。"但看得出来，他明显在不高兴。

"你也是。"我说。

下车后，学长的车就在我眼前消失。这难道是传说中的情侣沟通不良？我泄气地走回楼上，然后拿出手机，传了信息给学长。

"我到家了。"

但他已读不回。

整个下午我几乎无心工作，都在等待信息声响起，但很可惜的，直到吃完晚饭，都没有任何消息。

我心情有点糟，睡不着也没办法工作。接着，又听到楼上传来"砰砰"两声，我打了电话给纪东炫。

手机屏幕出现"亲爱的东炫"，我忍不住笑了出来。

"干吗？不是说了要绝交到后天吗？"他口气不悦地说。

"你又从床上摔下来？"我问。

"喂！你给我说清楚喔！你给我好好解释一下喔！你怎么知道我摔下来？你有在我房间装监视器吗？你不要这样对我喔！"

我没理他，直接问："如果另一半勉强你做不想做的事，你会怎样？”

“不会怎样。”他很爽快地说。

“讲得轻松。”我说。

“本来就是啊，我不想做的事，我就不会去做。如果对方因为这样要生气，就让她气死啊！勉强我已经是她的错了，为什么我要因为她做错，然后自己在那里难过？吃饱太闲就去做善事啊！”他边说，好像边吃着东西。

刚才不是还在睡觉，怎么说几句话又开始在吃东西，他真的很怪。

“你在吃什么？”

“早上的蛋饼。”他回。

“没坏吗？”

“想到是你花力气做的，我一定要吃啊。但你要搞清楚，我不是因为感动，我是吃来消气的。”

我笑了。

“哎，你平安符要不要借他戴？他应该中邪了！还是你放《心经》给他听，让他放下执念，你还功德一件！”

“你很烦。”我笑着说。

“良言总是不耐听的。我的平安符功用真的很多耶，你看看你不感谢我就算了，还老是欺负我、设计我、指使我、陷害……”

“晚安。”没等他抱怨完，我已经挂掉电话了。

纪东炫说得对，我没有做错，就没有必要心情不好。我不停地告诉自己这句话，最后就不知不觉地睡着了。

隔天，我恢复到正常，而学长也一样没有跟我联络。整整两天他都没有传信息，也没有打电话给我。

我很难过，但又不想妥协。

恋爱真的是一场自己和自己的攻防战。

“立湘，我送你过去。”依依走到房间门口对我说。

“谢谢。”今天是三剑客再度重逢的日子，我从下午就开始紧张。

依依打量了我一眼：“等我一下。”

一分钟过后，她拿了一套蓝白双色的洋装递给我：“换这件。”

“这会不会太隆重了？”我说。

“那么多年没见了，当然要用隆重的心情去面对啊！这套很适合你，快换上，等等帮你上点淡妆。”

我思考了一下，接过洋装。

依依说得对，十几年没见，是该隆重。我快速地换好，依依再帮我化了点妆，又帮我把头发夹出浪漫的波浪卷，我都快不认识镜子里的人了。

“你看你，稍微打扮就漂亮成这样。”依依骄傲地猛盯着我，我不好意思地笑了笑。

接着带着她们三个人给我的信心出门。

“我走下去就好了。”我对专程送我过来的依依说。

“没关系，这里有停车位，我陪你下去，确认你们碰面了我再走。不然如果突然有变卦怎么办？现在可是晚上耶，连我们都很少晚上带你出门了。”依依贴心地说。

我感动地看着她。

她笑着摸了摸我的头：“不用太爱我，我已经名花有主了。”我当然知道，而且我根本打不赢尚昱哥。

依依就陪我站在餐厅门口等着，没多久莹莹来了。

“天啊！立湘，你今天好漂亮。”她赞美地说。

我笑了笑，依依则是一脸骄傲。我对莹莹说：“跟你介绍一下，这位是和我一起住，像姐姐一样的室友童依依。”

“立湘，你混得不错嘛，还以为你会每天痛哭流涕，没想到还有姐姐照顾你。”莹莹开起玩笑。

但依依生气了：“你真的希望立湘每天痛哭流涕吗？”

气氛突然一阵尴尬，智维的声音在这时出现，叫着莹莹的名字。我和莹莹同时转过头。抱着两个双胞胎的智维愣在原地，一张脸同时闪过一百种表情。我看着他，心里也激动万分，手脚都僵硬了。

智维把手上的双胞胎交给站在一旁的老婆，然后朝我跑过来，仍是不敢置信的表情。走到我面前，他紧紧拥住我，我也紧紧地抱住他，我们同时流下了眼泪。

过了好久，他才放开我，擦去眼角的泪水，上下打量我，然后又流出眼泪。

“好了啦！不要哭了。”我哽咽着说。

智维用比我更浓的哭腔说着：“这辈子，能够亲眼看到你好好地站在我面前，真的没有遗憾了。”

“你少夸张了。”我边哭边笑，小狗撒尿。

站在一旁抱着两个小孩的漂亮女人开口："是真的，他常常提到你，说你是他高中最好的朋友，每次都说，要是能再和你见面，他要吃一个月素。老公，明天开始了喔！"

智维笑了。我们拉着彼此的手，没办法放开，能够再见到他，真的好开心。

介绍完彼此后，依依对大家说："好了，快进去吧！"然后转过头对我说："立湘，快结束时打电话给我。"

坐定位置之后，我逗着那两个可爱的双胞胎玩，对智维的太太宜璇说："从现在开始，我就是干妈了。"

宜璇也笑着："你一直是啊，我们客厅里有一张你们三个人的合照，智维都教他们说，这是干妈。"

我感动地看着智维，他一脸得意。

吃饭时，我们聊得很开心，除了莹莹。她一直兴趣缺缺，有一搭没一搭地回应着我们，眼睛不停盯着手机看。

"你嘛帮帮忙！放下手机，工作有这么重要吗？立湘就在这里耶！就在我们眼前耶！"智维念着莹莹。

莹莹站起身说："我看你们聊天就很感动了。我要去上厕所。"接着离开座位。

“不是我爱念她，公司又不是她开的，每次见面就是一直看手机，说公司有事。你知道她在耀然学长公司吧！”智维对我抱怨着。

我点了点头。

他继续说：“原本好好的彩妆师不做，说学长需要她，就去了，不知道在跟人家拼什么，搞得每年近视都加深，年初才刚做完镭射，医生都说了要她好好让眼睛休息，她都照滑啊！”

“镭射？”

智维点了点头：“对啊！还是宜璇陪她去的。”

年初镭射，那为什么才过半年多，她近视就加深了，还深到看不见我？

“那家镭射做得不好吗？莹莹说她近视加深了。”我说。

“她视力好得很，上次吃饭，她还看到饭里有蚂蚁，马上叫来服务生，我们那餐可是一毛钱都没有付。”智维笑着说。

所以莹莹对我说谎了？我不想相信。

“好了不说她了，那你和学长再遇见之后，有什么进展吗？”智维八卦了起来。

我傻笑了两声。

“有喔有喔有喔！不错嘛！唉，绕了一大圈，是你的就会是你的。”他语重心长。

“什么意思？”我好奇地问。

“没什么，看你现在好好的，我很安心。”智维突然很感性地看着我，我总觉他的话没有说完，但我现在也不方便再问。

莹莹去了很久才回来，一坐下又拿起手机。“苏莹莹，你是来玩手机的吗？”智维不满地说。

原本爱理不理的莹莹突然开朗地对大家说：“我们来自拍一张吧！十几年后的三剑客！”

于是宜璇用了莹莹的手机帮我们三个人拍了很多合照，我也和双胞胎拍了好几张。拍完照片后，莹莹继续专心地玩着手机，我帮她夹了几样菜到碗里。

“谢谢。”莹莹说完把手机放在桌上，拿起筷子吃东西。

就这么大剌剌放在我眼前的手机，屏幕上出现了她和某个人的对话框里，有我们刚刚拍的一张合照。

莹莹传给了谁？我看着她，想问，但没有问。

时间过得很快，一下就到了餐厅打烊的时间，服务生来帮我们结账。莹莹看了账单，对服务生说：“这金额是不是打错了？滑蛋牛肉明明是三百五，你算四百？”然后指着门口的黑板，上面写着本日特价滑蛋牛肉三百五。

智维笑着说：“那么远，你都能看到？”

“开玩笑，镭射两万五不是白花的。”莹莹得意地说。

我想她完全忘了她说过的谎。我看着莹莹，觉得她好陌生，她的笑容，她说的话，虽然都是她，但笑容和言语都和我有了距离。

现在我可以确定她对我说谎，但我不知道她为什么要说谎。而我想，她是不会告诉我理由的。

毕竟，可以说实话谁又愿意说谎。

我准备打电话给依依时，宜璇说要送我回去，所以我只好告诉依依不用过来接我。

和莹莹道了再见，我上了智维的车，从后视镜看到莹莹仍站在餐厅前盯着她的手机。

“叫学长少派一点工作给莹莹吧！她也三十岁了，老是守着工作也不是办法，赶快找个伴比较实在。”驾驶座上的智维说。

“好。”我笑了笑。“这几年，你和莹莹都有联系吗？”我问。

“偶尔，因为她很忙，我有了小孩之后也更忙了。”他透露出成为父亲的无奈。

宜璇在一旁打趣道：“还好你没有说，是娶了老婆更忙。”

智维伸手握住宜璇，看到他有个这么好的归宿，我很替他开心。

“我觉得莹莹变了很多。”我说。

智维忽然收起笑容，感叹地说：“是变了很多。”我从后视镜和智维眼神接触，总觉得他有很多话想对我说，但一路上他什么都没有说。

到了家门口，宜璇叫我有空要去他们家玩，而两个双胞胎早在路途中就睡着了。和智维约好要常联络，一个月一定要见一次面，心满意足地道了再见，有老朋友真好。

看着智维的车驶离，转身要进去，纪东炫就大字形挡在大门口，眼睛突然一亮。

“你今天也太漂亮了吧！”

谢谢他发自内心的赞美，但我没心情和纪东炫吵闹，因为莹莹真的对我说了谎。

“走开。”我说。

“你干吗火气那么大，聚会不开心吗？不是跟十几年老朋友见面，干吗一回来就臭脸？又中邪了？还是别人中邪了？就说你平安符要送他们啊！”纪东炫不停说着。

“如果有人骗你，你会怎样？”我问。

“不会怎样。”我和他同时说。我一问完就知道他要讲什么，真的觉得自己白问。

“你好懂我，我们心有灵犀。”他笑着走到我面前，伸出食指，再抓着我的食指碰了一下。

“幼稚。”我甩开他的手。

“你才幼稚。别人说谎，担心谎言被揭穿的是他们，你跟人家心情不好什么？说谎下地狱要被割舌头，你住天堂的是要跟人家计较什么？”他的歪理真的够多。

“所以我是天使。”

“不，你会去地狱，因为你现在就在说谎。”他指着我，严厉地说着。

我伸手扭了他的手指，他痛得哇哇叫。在我下地狱前，先让他尝尝地狱的滋味。我们两个又打闹了起来。

“立湘……”学长的声音突然出现。

我们两个马上停止动作。纪东炫生气地对我说：“好心听依依的话下来等你，还被你打，你等一下自己上去，我要把楼梯的灯都关掉！”然后转身打开大门走进去。

为什么都是这个时候被学长遇到，这几天我跟纪东炫根本讲不到两句话。

“晚上去哪里了？”学长以平静的语气开口，但我觉得他的话中有微微的怒意。

“和莹莹跟智维去聚餐了。”我说。

“怎么没告诉我，我可以陪你一起去。”

“怕你还在生气。”是谁先已读不回？

“我没有生气，只是这两天太忙了，没时间打电话给你。”

“工作还好吗？”

“嗯，你们都聊了些什么？”学长问着。

“以前的事。”我说。

“就这样？没别的了？”学长继续问。他给我的感觉不是关心，语气里也有一点慌张。重点是，我不知道怎么回答，老友聚会本来就是聊以前的事啊！

我摇了摇头。

学长好像松了一口气，我想起智维的交代："对了！"

学长的脸色突然又闪过一丝恐慌。他今天为什么这么心神不宁？我接着说："你是不是给莹莹太多工作了，她整个晚上都没有心情和我们聊天，都在处理公事，智维要你少派点工作给她。"

一说完，学长又松了一口气，马上答应："知道了，我答应你，会减少她的工作量。"

我点了点头，学长走过来抱住我，然后低头吻我。胃里没有出现恶心感，我有点开心，却不是因为学长吻我，而是我发觉自己好像又进步了一点。

"抱着你的感觉真好。"学长在我耳旁说，"不要再跟纪东炫玩了，我怕我有一天会被我的醋淹死。"

"对不起。"我说。

学长突然说："如果真的觉得对不起，就陪我参加餐会。"

我为难地看着他。

“陪我，这么重要的时候，我希望是你陪在我身边。出席十分钟就好，好不好？”他眼神里的期盼和渴望，实在让我很难拒绝。

我看着他，好为难。

“拜托，陪我。”他再次恳切地说。

我妥协地叹了口气回答：“就十分钟。”

学长开心地把我抱得好紧，我感觉肋骨快要断掉了，差点呼吸不到空气，他才放开我，陪我上楼。到门口时，我拿了钥匙开门，正准备进门，学长拉住了我，我回过头看他。

他很正经地对我说：“我刚才有没有说你今天很漂亮？”

我笑了笑，对他说了再见，然后进门。一脱掉鞋子，心里涌起的是面对餐会的恐惧，后悔自己心软答应。

“聚会不开心吗？怎么愁眉苦脸的？”依依坐在客厅，看着走进来的我说。

“很开心啊！”想到智维我就笑了。

依依突然变了个脸，质问我：“那个莹莹真的是你好朋友吗？说那什么话？”

我坐到依依身旁安抚她：“莹莹本来就心直口快，你不要想太多，也别生她的气。”

“她哪位啊？值得我生气吗？倒是那个智维，下次请他们全家来吃饭。”

“好。”

“房间灯帮你开了，快去洗澡休息，很晚了。”依依贴心地说。

我拉着她的手，很有自信地对她说：“从现在开始，不用再帮我开灯了，我可以自己来。”

依依盯着我看，没多问什么，摸摸我的脸，欣慰地点了点头。

“还有，以后我可以自己上楼，你们都不用下去等我。对了，也不用叫纪东炫等我。”我说。

“我没叫他下去啊。刚才本来我要下去，是他说他要去的。”依依说。

难道是我听错？纪东炫是那样说的。算了，不重要，现在最重要的是，我需要好好睡一觉，才能面对接下来的难关。

距离新产品餐会，还有五天。

我每天都看着日历在倒数。再顺便叹了口气，乐晴凑到我旁边说："第四天。"

我回过头，不解地看着她。

"这是你第四天看着日历叹气，干吗？日子有这么难过吗？"

"有。"我很诚实地回答。

坐在沙发上玩手机的尚昱哥、看着杂志的依依、吃水果的明怡，还有坐在地上打电游的大勇和纪东炫同时回过头看我。

"怎么啦？"依依问。

我拖着无力的双脚，走到依依旁边坐着。"下星期五晚上，有一个我设计的新产品餐会，所有合作厂商都会去，至少有一百多人，我本来不想参加，但学长要我陪他去。"

纪东炫看了我一眼，转过头去继续打电游。

"天啊，就说你不要去啊！人那么多，你会受不了的。"依依对我说。

"但我答应他了。"我也很无奈。

纪东炫突然站起身："我先回去了，想睡。"然后立刻消失。他看起来有点生气，不知道是不是因为我没有好好把他的话听进去？

我看着他的背影，又在心里叹了口气。

依依摸了摸我的头说："那就没办法了，都答应人家了。现在只能想，那天要怎么惊艳全场了。"

明怡和乐晴一听到，马上拿起杂志，开始想着要怎么帮我打扮，三个人开始非常热烈地讨论。我看了尚昱哥一眼，他也是爱莫能助的模样，我只好默默离场回房间。

回到房间，我完全没睡意，只好打开电脑工作。message 跳出吴经理的对话，要我明天到公司一趟。样本出来了，要做最后确认。

"那就明天下午喔！"吴经理说。

"好的。"我回。

"对了，Leo 说你要出席餐会是真的吗？"

多想打"没有"两个字。

"嗯。"但我只能边打边叹气。

"太好了，好多人都很期待看到你本人。"吴经理回。

太好了？现在我的肩膀好像压了两座一〇一。

最后连工作也做不下去，我躺回床上，想着怎么克服恐惧。于是我上网查询如何不怕生？如何不怯场？在人多的地方如何自处？如何打开心理防线和陌生人说话？

搜寻到我手机电力耗尽，最后只好放弃。

几乎是瞪着眼睛到天亮，好像昨晚喝了八杯咖啡一样，完全没有睡意，最后还是起床把工作做完。看了一眼时钟，时间是早上十点半，帮手机充电后，我拿了衣服洗澡。

出门前，学长打电话给我。

“我今天在台南开会，没有办法过去确认样品，就交给你了。”学长说。

“好。”

“回台北差不多五点多，我再过去接你吃晚饭？”

“嗯。”

“我需要充电，两天没看到你了。”

“这么夸张？”我笑了笑。

“对，我夸张，你都不夸张，你都不会想我。”学长撒娇地说。

我赶紧反驳：“哪有，我很想你。”

“再说一次。”依依说男人最爱得寸进尺，果然没错。

“晚上见！”我说完就挂掉电话。

五秒后，学长传来信息：“你为什么都把我吃得死死的？”

我笑了笑，已读不回，然后出门。从家里走到公车站时，刚好看到纪东炫买了便当走回来。这两天他好像消失了一样，都没来吃晚餐，一定是打电游玩疯了。

我走到他面前："为什么都没有来吃饭？"

"忙。"他简短地回。

"忙什么？"我问。

"打电游。"然后继续往前走。

我转身追了过去："你不会是在生气吧？"

"我哪来美国时间生什么美国气？"他生气地对我说。

明明就在生气。

"去忙你的。"他说完后拔腿就跑。我看着他的背影，也懒得追过去，反正他本来就是个怪人。

半小时后，我到了吴经理公司，开始看样品，记录最后需要修改的地方。告一个段落时，莹莹突然走进会议室。

吴经理上前去和她打招呼，莹莹很有架势地对吴经理说："今天样品出来，总监虽然在忙，但我们这里还是要有人过来看看。"

"苏小姐，这么忙还让你抽空过来，真的辛苦了。"吴经理赔笑着说。

莹莹看到我，走过来笑着对我说：“立湘，你也来啦！啊！我都忘了你可是产品的设计师。”

吴经理惊讶地看着我们：“两位认识？”

“熟得很，我们从高中就是好朋友，立湘什么事我都知道。”莹莹对吴经理说着，“我们立湘可是吃了很多苦才走到今天的，平常女人根本没有她这种毅力，要是我跟她一样发生过……啊，没事。”

莹莹及时住嘴，但我的冷汗已经流了出来。

“不好意思，我去一下洗手间。”我全身颤抖地跑向洗手间。

打开水龙头，不停地用双手捧起水冲着脸，我可以接受最亲近的人知道这件事，但我没有勇气让不熟的人知道。

“立湘，你没事吧？对不起，我想到你发生过的事，就觉得你好可怜，觉得你真的好坚强，相信我，我不会乱说的，我是你最好的朋友。”莹莹拍着我的背。

我努力顺着呼吸，慢慢抬起头来，却从镜子里看到莹莹的嘴角在笑。我全身突然起了鸡皮疙瘩，往后退一步，让莹莹的手离开我的身体，因为我怕我会吐出来。

“还好吗？”莹莹换了个担忧的表情看着我。

我点了点头。

“你脸色这么差，晚上怎么跟学长吃饭？”我没心情去想她为什么知道我们有约，我只想离开这里。

“麻烦你告诉他，我不舒服，就不去了，我先回家了，再见。”我几乎是逃难似的离开洗手间，回到会议室去拿包包。

吴经理看到我，也被我苍白的脸色吓到：“发生什么事了？”

“没什么，只是有点不舒服而已，样品确认得差不多了，我回去整理一下，把资料传给你。”

没等吴经理回应，我用最快的速度离开公司，一到公司外，我在人行道旁就吐了起来，吐到连眼泪都掉下来。想到镜子里莹莹的笑，我就不停反胃。

我试着要打手机求救，却发现找不到手机。可能是和学长讲完电话就忘了带出门。

“小姐，你没事吧？”一位阿姨好心地问我。

我哭着向她借了手机，拨了四组我唯一背起来的电话，但乐晴、依依、明怡还有哥哥都没接电话，全世界的人都在这个时候不接我电话。

我只好把手机还给阿姨。

“没人接喔？需不需要送你回去？”阿姨担心地看着我说。

“不用，我休息一下就好。”

“确定？”

“谢谢你。”我点了点头，对那位阿姨说。

阿姨只好离去。我蹲在自己的呕吐物前放声大哭，不知道哭了多久，有个人也蹲在我面前，在我的头顶上说：“明明就好好地出门，现在把自己搞成这样，你也真是够厉害的。”

纪东炫的声音传了过来。我抬起头确定是他，哭着抱住他，原本快窒息的心，在看到他满是胡楂的脸后，逐渐恢复正常。

他抱着我，边轻拍我的背，边说着，“喂！你不要趁这个时候吃我豆腐喔！好啦！哭小声一点，你再这样会被别人拍下来，然后上传到YouTube，等会害别人误会我怎么办？我黄金单身汉耶！”

他越说，我哭得越大声，因为他的声音让我好安心。

☆ 他一定不知道，最近黄金贬值了很多。

第九章

所谓的你爱我，

只是为了要合理地折磨我

“好了，再哭我要播《心经》了喔！”纪东炫不停地用各种方式恐吓我不要哭，但一听到他的声音，我的眼泪就自动流下来。

“你不要说话。”我哽咽外加口齿不清地说。

他叹了口气，把我带到对面咖啡馆里，选了一个最里面的座位，帮我点了杯热牛奶后，对我说：“你要哭也可以，要停下来休息也可以，只要好好待在这里，我要出去一下，马上回来，OK？”他对我比了个OK的手势。

我点了点头，刚刚哭得这么疯狂，连我自己都吓到了，他可能也要去外面呼吸点新鲜空气压压惊。

我坐在座位上，从包包里拿出湿纸巾，把脸上的泪痕擦干净，然后喝着热牛奶，想着等一下要怎么跟纪东炫解释。

过了好久，他才开门走进来，额头上有汗珠。

“你去哪里？”我用哭到筋疲力尽的嗓音说。好奇他只是透透气，怎么流了满身汗地回来。

他没好气地看了我一眼，本来要说，后来又住口了。

“怎么了？”

他再看了我一眼后，开始连珠炮地轰我：“你是有多讨厌我，才想要这样整死我？在家里打个电游，乐晴就哭着打来说你出事了，有个不认识的号码拨电话给她，说你在路边哭，原本她不相信，后来那个人描述了你的特征，乐晴才确认，但她陪大勇去桃园接来台旅行的客人，只好打给我，我就冲出来找你了。乐晴只跟我说你在这里一带。”

他表情夸张地翻了个白眼：“这一带耶！那么大一带，我是要去哪里？你说说看！我找了好久才找到。这就算了，你吐的东西不用清一下吗？谁晓得这里的人都不去便利商店的？全都是咖啡馆，吃饱了撑着喝咖啡啊？找了两条路才买到水清理你的呕吐物，你说，你还要整我多久？”

听到纪东炫说着来龙去脉，我眼泪又要掉出来了。

纪东炫的手机响了，他直接接起来拿给我。我接了过来，哥哥的声音从电话那头传来：“你没事吧！你人在哪里？我马上过去接你。”

“我没事。”我说。

“声音怎么这样？”

“哥，我没事啦！你继续上班，真的。”我一直强调。

哥哥也只好放弃继续问：“晚上打给我。”

“好。”

挂掉电话后，纪东炫又继续念：“买水都快累死了，我还轮流接乐晴、依依和明怡的电话。她们三个都有事要晚点回家，千交代万交代一定要把你送到家里。我都说好了，她们又要重复一次，好像我很笨一样，听不懂人话。”

“嗯。”我回答着。

纪东炫看着我，两眼发火：“你知道我现在有多想掐死你吗？不是你哭，也不是你吐，是你懦弱。谁欺负你，你就回手，为什么要跟人家客气，来让自己伤心？”

纪东炫的指责我无言以对，他说得没错，我懦弱。

“奇怪耶你，明明欺负我都不手软的。”他继续碎碎念着，十分钟、二十分钟过去，连隔壁桌的人也忍不住看他。

我担心他渴死，只好把手上的热牛奶递给他，他喝完后又继续念。

“我下次会反击。”我小声说。

“讲给谁听？”他不屑地看着我。

“我下次会反击！”我又大声说了一次。

他的手离开手机，对我说了一句：“已录音。”

我笑出来。

“不准笑，罚你三天都不能笑。”他揶揄我。

“谢谢你。”我真的很感谢他找到我。

他瞪了我一眼：“你不要谢我，你每次谢完我，我都会害怕我家又要多什么东西，你谢你自己，每次哭完还是会好好过日子，这大概是你最大的优点吧！”

有吗？我不知道我在纪东炫眼里是这样的人。

似乎连我自己都不知道自己是怎样的人。

“哭好了吗？可以回家了吗？天都黑了。”他指了指店外暗下来的天空。

我点了点头，和他同时起身，听到了他肚子饿得发出超大一声“咕噜”。

“笑什么，不能肚子饿吗？还不都是你害的？”他恼羞成怒，但我根本没有笑。

“我肚子也饿了。”其实没有，但我不能让他饿肚子。

于是我们一起到附近的面店。

“小姐，今天都是只剩汤的榨菜肉丝面喔！”

“没关系。”我说，有得吃就好了。

纪东炫很快地把第一碗吃光，举起手又叫了第二碗。我低头努力地把榨菜移到一边，他突然把我的面拿走，换了一碗里面没有榨菜的放到我面前。

“等你挑完榨菜，朝鲜韩国都统一了。不喜欢吃就去别间，不然跟我说啊！干吗让自己变成小媳妇，还是你有隐性的被虐待狂基因？那碗榨菜都在我肚子里，请大胆食用。”

这个满脸胡楂不修边幅的男人展现这么贴心的一面，我感动地望着他。

“肉丝我也顺便吃掉了。”他得意地对我笑。

感动再现。

他狠狠吃了三碗面，“还要再叫一碗吗？”我问他。

“你以为我是猪吗？”

“难道不是吗？”我指了指桌上的空碗，还有清空的各种卤味空盘，我趁他还在解决汤的时候去结账，应该请他吃更好的，下次吧！

吃完饭，我们一起走路到公车站。

一路上，我们都没有讲话，只有他偶尔发出的打嗝声。

“所以说，干吗吃那么饱？”

“因为爽。”他理直气壮地说。

我没想要回应他，结果他又开始了：“你不觉得胃很满的时候，人生也跟着圆满，日子也跟着美满吗？对我来说，人生最痛快的时刻，就是打嗝的时候，吃不饱还打不出嗝耶，你傻傻的。”

“你好乐观。”我说。

“是你太悲观。”他说，“很多事本来就是取决于自己的态度，如果身上只有一块，有些人担心，怎么办，我只有一块，而有些人会开心，还好我有一块，你就是有一块还在担心的人”。

“重点是，这个世界上，有没有那一块，有时候根本都不重要。”他看了我一眼，“是不是听不懂？是不是很深奥？是不是很崇拜我？是不是觉得我‘小金城武’？”

“觉得你很吵而已。”我知道他在说什么，但我不想让他得意。

“口是心非。”他说。

搭上了公车，虽然没有位置，但站的空间还很多，不用人挤人。我松了一口气，没想到，到了下一站，人潮就这样涌了上来，顿时变得好挤。太多陌生的肢体碰触，让我几乎要窒息。

纪东炫把我拉进怀里，把我的头按在他胸膛，轻声说：“闭上眼睛。”接着开始：“来，快问快答，我的床组是什么色？”

“白色。”我马上回答。

“我客厅有几副键盘？”

“五副？”

“错。”

“六副？”

“是四副，今天刚玩坏一副。”

我捏了他的腰间肉一下，他大叫一声，然后继续问。

“床单上的小碎花是什么花？”

“玫瑰。”

“总共有几朵？”

我气得推开他：“最好你知道答案！”

他笑了笑：“当然不知道啊！我只知道我们到站了！”

我回过神，公车上的人潮不知道什么时候少掉了一半，而公车也刚好停下。没想到这样一问一答成功地转移了我的注意力，我有点忍不住要崇拜纪东炫了。

纪东炫先下车，在车门口等我，我也赶紧下车。但脚步一个没踩稳，脚踝就这样扭了一下。我摸着发痛的脚踝，觉得今天好倒霉。

纪东炫一脸不可思议地看着我，“不过就是下个车你也能扭到，我的手都伸出来让你扶了你还能扭到，刚刚谁骂我猪的，要不要收回去骂自己？”他边骂边蹲下来看我的脚，用手一握，我痛得叫了出来。

他看着我猛摇头，然后把手机递给我。我一脸疑惑地接了过来，他转身背对我蹲下，继续念：“我真的不想骂你，《心经》自己播出来听，你明天不用去看骨科，你需要的是到各大庙宇去走一趟，上来！”

我正要开口，“不要说不用！”他却先说了。

我只好爬上他的背，“《心经》还不快点播出来。”他生气地对我说。

自知理亏，好好的路我也能受伤，他生气是应该的，我打开手机里的 YouTube 频道，随便点了首《心经》，让他背着走回家。

“从我认识你的第一天，你的脚就没有好过，然后偶尔就有一次中邪，你是不是犯小人啊？不管了，你不要给我顶嘴，明天带你去拜拜，给人家改改运。还是你今年犯太岁？”

从巷口都快到家了，他嘴就是没有停过。

晚上的风凉凉地吹到我的脸上，很舒爽，经过隔壁刘妈妈种的一株桂花树，我伸手折了一小段，放到鼻间闻着，桂花的香味一下就传到大脑，好香。

“你喜欢桂花吗？”我问。

他腾出一只手，把一楼大门打开，“我只喜欢桂花绿。”然后背着我走上楼。

“想喝吗？”我手里有桂花，家里有绿茶，我可以帮他做。

“我现在只想把你丢下去，你重死了，你的骨头有一百公斤。”

他开始喘着，我笑了笑，把桂花插在他的耳后。

“你现在好美。”

他转过头瞪着我，然后突然笑了，接着又转过头去，背着我说：“好啦，也好啦！人就是要苦中作乐啦！人生嘛！苦本来就是比乐多，很好！很好！经过我的调教，有进步了，就像我现在……呼……说服，呼……老子背的……呼，是林志玲，呼……”

我笑着用力把全身重量压在他身上。

他大吼：“是重死的林志玲。”

我笑了笑，然后在到达家门口时，看到耀然学长正站在那里等着我。我收起笑容，没有见到他的快乐，只有等会要面对吵架的痛苦。我觉得有点累了，不就是谈个恋爱吗？

纪东炫轻轻把我放下来，结果学长走向前来，伸手就是给纪东炫一拳，纪东炫跌倒在地上，我吓了好大一跳，生气地对学长吼：“你在干吗？”

“我在干吗？”学长生气地看着我。

“是你们在干吗？是你在干吗？你答应过我什么？为什么一再违背你对我的承诺！你说不会再和他接触，但我现在看到的是什么？”

学长气得双眼发红，瞪着我吼。

“我们根本就没有怎样，我脚扭伤，他背我上来，就这样而已，你有先问一下吗？出手就打人，你以前不是这样的人啊！”我也生气地对他吼。

学长看了一眼我的左脚，只能轻轻踮着，眼里的火气瞬间变小。

“道歉。”我对学长说，但他却只是瞪着我，什么反应也没有。

“不必。”纪东炫抚着左脸颊，面无表情，继续说，“我不还手，不是因为觉得背她上来有错，而是因为你是她重要的人，我不想她难过。”

我听着纪东炫的话，心里满是对他的歉意。

他转过头来看着我：“有话好好说，我先回去，有事大叫，我会马上下来。”我感动地看着他。

他转身上楼。

“你确定你们没有什么？”学长到现在还在怀疑。

我累了，什么都不想谈：“你先回去吧！我想休息了。”

听到我这么说，学长火气又瞬间爆发：“你到底有没有考虑过我的心情？约好了结束在吴经理公司楼下等，我在那里等了半个小时都没有看到你，拨你手机你没接，打你家里电话也没有人接，我只好跑来找你，在这里又整整等了两个小时，你知道我有多担心吗？”

看着学长焦急担心的样子，我心里也感到很抱歉。但我明明就请莹莹转告他，她也答应我了。

“我忘了带手机，我有请莹莹跟你说晚上要取消。”我说。

“你确定你跟她说了？还是跟楼上那个玩疯了？亲爱的东炫？哪个女人会这样叫别的男人？”学长讽刺着我，我听了非常难过，什么都不想再解释了。

我拿了钥匙准备开门，学长一伸手拍掉我手上的钥匙。我的手微微地痛着，我从没见过学长这么不理性的一面，他让我很失望。

“你到底要怎样？我解释了，你又不听。我很抱歉让你等很久，是我的错，但从刚刚到现在，你关心过我受伤的脚吗？你问过我哪里不舒服所以取消吗？没有，你在乎的只有你自己。”我生气地说。

“那你想过我吗？约会说取消就取消，还让我看到你和别的男人有说有笑，你知道我心有多痛吗？”

“对不起。”我累到只能说对不起。

“怎么啦？在吵什么？”依依的声音打断了我们的争执，她走到我旁边，打量我们两个，然后捡起地上的钥匙。

“没什么。”我说。

依依看着我，对学长说：“很晚了，有事改天再说，立湘的黑眼圈都要出来了。”接着打开门，轻推着我进去，继续笑着对学长说：“不好意思，我要押你女朋友去睡了，你也早点回去吧！”

学长只能点点头。他看了我一眼，但我不想看他，脚一跛一跛地走进客厅。身后的依依把门关上，看到我的脚又受伤，把我扶到沙发上坐下。

“脚怎么了？”

“扭到。”

“你现在还好吗？”

“不好。”我说。

依依抬起头看我，她那么聪明，一定知道我们刚刚发生不愉快。

“谈恋爱好累。”我对她笑笑。

她叹了口气，无奈地笑了：“都是这样的，先别想这个，我们先处理你的脚。”

我点点头。

依依丢下包包，快速地到冰箱拿了冰枕，帮我冰敷脚。“先冰敷一下，等会儿再热敷，会比较舒服。”

冰块舒缓了疼痛，我累了，就这样在沙发上睡着。再次醒来时，她们三个人都在客厅了，而脚上的冰枕也换了温热的毛巾。

“醒了？喝点水。”明怡把水递给我，我喝一口，连喉咙也舒服多了。

“你今天这样也没办法洗澡，先好好睡一觉。明天如果起床脚踝肿了，那就得要去看医生。”依依看着我说。

“好。”

乐晴扶着我进房间，我一躺到床上就马上睡着。她们三个人很有默契地不问我发生什么事，虽然她们脸上都挂着想知道的表情，但我真的没有力气再应付今天。

隔天醒来，已经是下午了。

我缓缓下床，脚踝几乎已经感觉不到疼痛，只是有点酸酸刺刺的，但走路并没有昨天那么痛了，天佑立湘。

我到浴室好好梳洗了一下，整个人才恢复清爽。工作桌上，乐晴准备的早餐已经凉了，但我还是把它全部吃完，然后把昨天确认的样品资料好好地整理后，E-mail给吴经理，再处理其他客户的问题。

不是没有想到昨天晚上的事，而是生活中还有其他的事，我也需要空下心和时间来处理，那些不知道怎么处理的，就只能先放到一旁。

重点是，我的手机就这样不见了，连想打电话问纪东炫有没有好一点都没有办法。

明怡敲了敲我的门，然后打开门对我说："吃饭了。"

我点点头，走了出去。

"脚还痛吗？"依依问。

"不痛了。"我微笑。

这顿饭吃得有点安静，我当然知道为什么，在心里叹了口气。面对学长之前，我得先好好面对她们。

"我和学长吵架了。"我一说完，她们都活过来了，眼睛瞪得老大。辛苦她们，憋了这么久。

我简单地把昨天的事带过。

她们开始说自己的看法，乐晴和明怡能够体谅学长，依依则是问我，"你家学长以前脾气也这样吗？"

我摇摇头："没见他发过这么大脾气。"

"因为等了两个半小时耶，又没办法联络上，谁都会生气吧！"乐晴夹了块鸡肉到我碗里。

"可是我昨天看他那样，老实说，我觉得他情绪管理有问题，而且也太爱吃醋。纪东炫对他来说根本没有威胁性啊！如果我是他，感谢纪东炫都来不及了。"依依抽丝剥茧，好像柯南。

"人一碰到感情，本来就很难理性。"乐晴继续说。

"是没错啦！但你们昨天没看到，那学长的眼神真的有够凶。"依依模仿着学长的表情，把她们逗笑了。

"可怜的纪东炫，等会儿帮他炖个汤补一补。"乐晴起身，开始在冰箱里翻来翻去。

"谢谢。"我对乐晴说。

"谢个头。"她这样回应我。

明怡叹了口气："不管怎样，就算是误会，两个人也该好好沟通，立湘，这两天你就冷静一下，也让学长冷静一下，好不容易走到这里，两个人都应该要珍惜。"

"是啊，多难得的缘分。"依依附和着，"先冷静一下，搞不好两天后想想，都觉得自己情绪太过激动。”

我点点头，她们说的，也是我心里想的。

“立湘，谈恋爱比做任何事都需要勇气，因为守护对方是非常艰难的事，一路上，会遇到很多困难，会让你放弃，会让你灰心，而且难关永远不止一个，如果你不够勇敢，爱很快就会消失。”依依用过来人的心情对我说。

明怡和乐晴两个过来人也用力点头。

“嗯。”我听进去了。

但至于勇敢，到底要怎么勇敢?

吃完饭后，我回到房间，继续找着我的手机，但怎样都找不到。乐晴她们也帮忙找还是找不到，依依带着我去补卡办新手机，幸好之前手机里的资料都自动备份到云端，回到家后，用电脑恢复备份，联络人资料一个也没有少。

手机设定完毕后，第一件要做的事，是打给莹莹。

等待电话被接起的过程，我是害怕的，尤其她的笑容，从昨天开始，不时跃进我的脑海里，即使害怕，我今天仍要勇敢。

“喂？”

“是我，立湘。”

莹莹愣了一下，热情回应：“是立湘啊，怎么啦？”

“昨天我请你帮我跟学长取消吃饭，你跟他说了吗？”我问。

莹莹马上慌张地说：“天啊！我居然忘了，你也知道昨天很忙，我在吴经理那里多待了一阵子，回到公司又忙别的事，就忘了告诉学长了，他等很久吗？”

声音，有时候也听得出来诚不诚实。

“有，而且他不接我电话，你可以请他拨给我吗？”我说。

“好，我明天进公司跟他说，你不要难过，也不要想太多，学长都是气一下就过的。”她对我说。

“那就麻烦你了。”

“干吗跟我客气，我们是最好的朋友。”她笑着对我说，但我完全没有感受到什么是最好的朋友。

挂掉电话后，我走出房门，看见乐晴正提着一个保温壶准备出门，我喊着她：“乐晴，让我去。”

乐晴点点头，把汤交给我。

我提着那壶汤上楼，敲着纪东炫的门。过了很久他才出来开，我看到他的脸整片瘀青，对他的歉意多到几乎要把我淹死。

“哎，你不要给我在这里哭喔！”他吼着我。

“我没有要哭。”昨天哭太多，今天没有泪水可以用。

“那你给我解释一下你这表情是什么意思？不要同情我喔……”没等他说完，我就把他推进去，走进他家拿出小桌子，把汤打开。

“喝掉。”我说。

“好啦，你快回去，我喝完再自己拿下去就好。”他接过汤，就马上赶我走。

“我看你喝完。”我说。

他一脸受不了的表情瞪着我：“你以为我三岁吗？下去啦！以后少上来。”

我看着他，知道他为什么要赶我下去，他也看着我，两个人的表情都很无奈。我叹了口气后起身，然后转身离开。

或许，爱一个人，都得失去一点什么吧！

但失去纪东炫，让我的心情非常不好。

接下来几天，学长都没有和我联络，我也没有找他，我故意再打电话问莹莹，她说她跟学长说了，叫我多点耐心等等。虽然她这样说，我却一点都不相信。测试人性是一件很危险的事，但我已经做好准备。

餐会就是今天。

我还在犹豫要不要去。现在不去，刚好如了我的愿，但我答应过学长，我想要做到陪他出席。

“还没想好？”依依走进房间坐在床上看着苦恼的我问。

我点点头。

“你想和学长分手吗？”依依问。

我摇了摇头，这几天，我非常想他。

“那就去吧，趁这个机会和好。”依依说。

“没错。”乐晴和明怡不知道什么时候站在房间门口，附和着依依。

于是，一个小时后，我换上了一套白色小洋装，踩着我从没穿过的高跟鞋，长发让依依帮我梳了起来，整个人神清气爽地站在镜子前，总怕自己会像灰姑娘，美丽的魔法会在一瞬间消失。

餐会的场所，就在明怡和尚昱哥工作的饭店，依依陪着我来。

“好了，你进去吧！我去尚昱办公室找他，你结束后打给我，我在那里等你。”依依帮我顺了几根掉下来的刘海。

我点了点头。

服务生帮我打开门，富丽堂皇的宴会厅，被白色和黑色的装饰衬得更加亮眼，舞台上四个展示柜，放的都是这次的新产品。背后的大屏幕投影着产品名字，一整排的 buffet 都是顶级的食材，服务生端着各种酒，穿梭在宾客之间。

电视上常看到的画面，但对我来说非常陌生。

看到一群一群宾客各自聊天，我好像误闯森林的爱丽丝，在遇到红心皇后之前，我得要先逃开。但我一转身，吴经理就在我面前。

她看到我，惊讶地说：“天啊，朱小姐，你来了！你今天好美。”

“谢谢。”我想对她笑，但我笑不出来，因为我没逃掉。

“Leo 也来了，刚还在我后面。”

吴经理一说完，我就看到耀然学长西装笔挺地走了进来，而勾着他的手站在他身旁的，不是别人，而是苏莹莹。

她看到我，脸色微微一变，接着马上笑着和我打招呼。

我深呼了一口气后，给了她一个灿烂的笑容。

耀然学长走到我面前，目不转睛地盯着我看。还没有和好的我们，彼此表情都有点尴尬。我正想开口，莹莹突然大声地对我后方挥手，“陈董！”然后拉着学长离开。“总监，快去跟上海来的陈董打招呼。”

对工作一向很有野心的学长马上快步向前去。

“立湘，你就好好享受，等会发布会的时候会邀请设计师上台，你可不能偷跑喔！”吴经理笑着对我说。

我点了点头。虽然我无时无刻不想偷跑，但偷跑这件事，是在被人发现之前，现在要偷跑已经有点晚了。

于是，我站在大厅的最角落，看着莹莹陪学长四处交际应酬，这点是我做不到的，看他们一起聊天，莹莹依偎着学长笑，学长低头在莹莹耳边说话，这一瞬间，我觉得他们才是一对。

突然站在我左前方两位男士，年纪看起来很轻，开始聊着：“你看 Leo，有个莹莹就什么都搞定了。”

“是啊，他运气好。”

“他们是不是在一起啊？”

“就算没在一起，也肯定有些什么。听他们公司的人说他们两个常一起加班到深夜没回家。”

“这就难怪，哪有员工这么任劳任怨的。”

他们的话，让我忍不住移动了脚步，无法再听下去。很快地，发表会就要开始了，大家集中在舞台前，主持人是莹莹。她大方地站在舞台上，熟练又幽默，让全场来宾开心。

吴经理把我拉到前面，站在我旁边：“等一下的顺序，是我先上台，再来是 Leo，再来换你，想好要说些什么，加油！”

我笑着点了点头，但其实脑子一片空白。

很快地吴经理上台了，学长不知道什么时候站到我身边，轻轻地握住了我的手，我转过头看着他，他也看着我，然后满脸歉意，轻声地对我说了句：“对不起。”

我看着他，微笑地摇了摇头，吵架很快，和好也好快。

“接着，让我们欢迎自由设计的总监，Leo！”莹莹的声音打断了我们，我放了学长的手。

学长微笑地对我说：“等你上来，我要向大家宣布。”

我点点头，这一次，我一定要勇敢。

看着学长上台，转过头去看了莹莹一眼，竟发现她正在瞪我，而看到我的注视，她马上对我扬起笑容。我也是女人，从遇见莹莹后到现在，她的所有行为，让我觉得她对学长的感情没那么简单。

我对她来说是一种威胁。

所以该害怕的人不是我，是她。因为害怕，所以她才会不停说谎。

学长致辞完，我不停地深呼吸准备上台，但莹莹就这样跳过我进行下一个程序。

结束后，学长和吴经理一起下台。

吴经理对莹莹说："不是要介绍设计师吗？怎么没有？有多少记者是为了设计师来的？"

莹莹一脸委屈，眼眶泛红："对不起立湘，我太紧张了，请你不要怪我。"

"没关系，我也很紧张。"我说。

学长一脸怒意地看着莹莹，莹莹楚楚可怜，带点哽咽地对学长说："对不起。"

学长转过头去不看她，莹莹难过地说："我先去一下洗手间。"然后快步离开。

吴经理对学长说："虽然很可惜，但你也别怪苏小姐了，她真的表现得很好了。"

我看着莹莹离去的背影。

"我也去一下洗手间。"我对着学长和吴经理说。

到了洗手间，我看到莹莹哼着歌，从第一间厕所出来，走到洗手台前，我也走到她旁边，她正打开包包，要拿出粉饼补妆，但包包没有放好，不小心掉了下去，所有东西都掉了出来。

我不见的手机也在其中。我捡了起来，看莹莹脸上闪过一丝惊慌，我却很平静地对她说："我们可以谈谈吗？"

她看着我，面无表情："随便。"

我和她来到饭店外的后面庭院，我思考着怎么开口。

"要说什么？"她有点不耐烦。

"为什么我手机会在你包包里？"我看着她问。

"在吴经理公司捡到的，我不知道那是你的手机。"她说。

我觉得很失望，如果莹莹要对我说谎，我真的希望她可以好好说，说一个让我可以接受的谎，那我会很甘心被她骗。但她现在是连谎都懒得好好说的态度。

我的手机，还是 iPhone4，那天和智维聚餐，她还笑我手机老旧，到底是她记性不好，还是我的记忆力太好。

但都不重要了，我想，我不是她最好的朋友。

“你是不是喜欢学长？”我直接问。

她先是愣了一下，然后一脸不屑地对我说：“我说喜欢的话，你就要让给我吗？你朱立湘有那么大方吗？”

“不会。”我也很直截了当。

“那有什么好讲的？”莹莹的口气很差。

“你为什么要说谎？”我问她，纪东炫说过的话，都深深记在我脑海里：别人欺负你，你就回手，为什么要自己受伤自己哭？

我要回手了。

“说什么谎？”

“你视力很好，你那时候根本就看到我了，但假装不认识我。我请你告诉学长晚上要取消约会，但你没有，说你忘了，我想这两天请你叫学长和我联络，你也根本没有开口。而且你怎么会不知道那是我的手机？”我说。

她看着我，冷笑了一下：“是啊，那又怎样？我就是故意想装作不认识你，那又怎样？我就是故意不说，怎样？那是你手机，又怎样？”

“你口口声声说我们是最好的朋友，也是在说谎。”我说。

她好像豁出去了一样：“对啊！你说得没错，而且这个谎我还说了十几年，是不是觉得你自己很蠢？是不是觉得你自己很好笑？”

“什么意思？”我心凉地问。

“朱立湘，大家都只喜欢你，我超级讨厌你的。我喜欢上智维，智维说他喜欢你，我喜欢上学长，学长也说他喜欢你。你长得又不比我漂亮，凭什么拥有那么多的爱？”

我不敢置信地看着她。

“拜托一下，收起你那张丑死又无害的脸好吗？我看了就他妈的想吐，你就是用这张脸在骗男人，才会有那么多男人不长眼被你骗了是不是？”莹莹突然用力推了我一把，我忍不住向后退了好几步。

“你在干吗？”学长不知道什么时候来到我旁边，对着莹莹大吼。他站在我旁边，担心地询问我的状况。

但我一句话也说不出来。我难过的不是她推我，而是至少在今天之前，我一直觉得那些友情都是真的。但现在她却告诉我那全都是假的，我觉得自己正在一场睡不醒的噩梦中。

莹莹用不屑的眼神看着我，愤怒地指着我："我想我要选个班长，大家叫我别做梦，因为你比我适合。我不管要做什么，大家都说你做得比我好，每次看到你对我笑，我就恶心得想扇你两巴掌。"

"够了没有？不要再说了！"学长大声制止她。

"为什么不能说？是你不敢说吧！还是我来帮你说？"莹莹难过地看着学长。

"闭嘴！"学长大吼，冲到莹莹面前，差点就出手打了她。

莹莹见状，冷冷地笑了："我为什么要闭嘴？你在我床上的时候，不是这样说的。"

我以为我听错了，但莹莹继续指控学长，证明我的听力没有问题："你没有告诉她，在你跟她重逢之前，我是你的床伴吗？现在朱立湘回来了，就把我甩到一边吗？她哪里好？一个被人强暴过的女人，到底哪里好！"

我腿软地瘫在地上，无言地看着他们。学长朝我跑了过来，"不要过来！"我对着他吼。现在再看到他的脸，再听到他的声音，都会让我马上吐出来。

被强暴这个伤口，对我来说已经不算什么了。这段我自作多情的友谊，还有学长的背叛，才是我最大的痛。我红了眼眶，但眼泪流不下来，我只能用力地喘气，确定自己还有呼吸。

“又在装可怜，你真的好恶心。”莹莹双手抱胸，冷冷地酸我。

“你这个疯女人……”依依从我身旁跑过去，想要打莹莹，却被尚昱哥拉住。

莹莹开始大笑：“谁疯了？她才疯了，居然还跟学长在一起，她才是疯子！”

“够了没有！”学长对莹莹大喊。

依依对尚昱哥说：“把她抱起来。”然后转过头对莹莹说：“从今以后，不要再出现在立湘面前，不然我见你一次，打一次。”

最后警告学长：“还有你，从今以后，不要出现在我们家，请你连巷子都不要进来。”

尚昱哥把我抱了起来，依依拿着小外套盖在我身上，莹莹还继续在我们身后大喊：“你才要叫朱立湘不要再出现在我的生活，都是她！都是她的错！”

学长跟了过来，再次被依依拦下，她和尚昱哥快速地把我带回家，两人在车上，什么话也没有对我说。

尚昱哥把我背上楼，开门的乐晴和明怡都吓了一跳，赶紧把我送回房间，让我好好躺在床上，帮我留了个小灯。

“灯全开。”我颤抖地说。

明怡点点头，帮我把全部的灯打开，门也没有关上，告诉我：“有什么事叫我们，我们都在外面。”

我没有回答。

只是瞪着天花板，不停重复刚刚莹莹对我说的话，不停地重复，连我闭上眼睛也不停地重复。连我昏睡过去，也不停地重复。当我眼睛再次睁开，一天又重新开始，而那些话却依然在我耳边出现。

我坐起身，试图让那些话消失，纪东炫刚好走了进来。

“要听《心经》吗？”他问。

“越大声越好。”我说。

于是他帮我接了喇叭，这次播的是《大悲咒》。

“为什么换歌？”我问。

“因为你这次好像中邪有点严重。”

我没回答，只是把衣服内的平安符拉出来，紧紧握着。

纪东炫拿着手机看歌词，跟着唱起《大悲咒》。不知道是不是唱得太难听，所以耳朵里都是他的歌声。

“你怎么来了？”

“依依她们说有重要的事要出去一下，所以叫我下来。对了，你哥刚来过，但还要开庭，和我大眼瞪小眼半小时才走。你确定你没有帮我找工作吗？我好像你的保姆兼看护，要不要推你出去晒晒太阳？还是推你去海边吹吹风？那歌要换一下了，《新不了情》好了。心若倦了……”

“闭嘴。”我说，四个音，没有一个是准的。

他马上停止，一秒后继续开口唱《大悲咒》。

“我想去晒太阳。”我说。

“不会吧，我说笑的。”他一副不想出去的样子。

我直勾勾地看着他。

他叹了一口气：“你自己走喔！你那么重，我才不要背你下去。”

我仍直勾勾地看着他。

他叹了一口气，蹲在我床前，我在他背后胜利地微笑，然后掀开棉被爬了上去。其实我可以自己走，但我今天就是很想任性。

“我上辈子是欠了你什么？你这样对我，你都不会不好意思吗？你妈妈知道你这样欺负我吗？你整人系的吗？你夭寿系的吗？你好重，你知道吗？呼……呼……呼……”他边下楼边喘吁吁地念着。

但只有这时候，我才能真正放松。我闭上眼睛，听着纪东炫的声音，突然觉得好想睡……

“朱立湘，你敢睡着，我要跟你绝交一、辈、子！”

☆ 姐是欠念系的。

第十章

所谓的我爱你，
是从我懂得怎么去爱一个人开始

“还要气多久？”我打了个哈欠，抬头看着正站在我面前，猛捶肩膀甩动手臂，还不时瞪着我的纪东炫。

“你怎么可以这样睡着？有经过我同意？有想过我心情？还睡了二十分钟，再多睡一分钟，我真的就放手，让你自生自灭。”他用食指不停地指控我。

“你不会。”我说。

他愣了一下，收回食指，“我会。”说得很没气势，“反正你不要忘了，我要跟你绝交一辈子。”

我笑了笑：“蛮浪漫的。”

一辈子，其实没有这种东西。

一直很喜欢对面这个小公园，从我的房间里，总是可以看到很多人在这里休息晒太阳补充体力，这却是我第一次来这里。

我抬起头，早上的阳光虽然很大很刺眼，但暖暖的很舒服。我突然想到了纪东炫，我转过头看他，他就跟太阳一样。

“干吗这样看我？”他问。

“谢谢你。”我说真的。

但他一脸惊慌，马上退后一大步，对我紧张地说：“你又想干吗？你这表情是什么意思？好好解释一下。等会你自己走上去，我是不会背你的，我不是妹妹，你不是洋娃娃，要看花自己去……”

“如果你的朋友，突然之间不是你记忆中的样子，你会怎样？好，我知道你会说不会怎样。”我只是想问，虽然答案都一样。

他一脸我道行不够深的表情，语重心长地蹲在我面前说：“本来就不会怎样啊！每个人都有权利选择他想要成为的样子，你也有啊！你觉得别人变得不是你想的样子，但你就有成为别人想要的样子吗？”

他看着我，摇了摇头：“就说你人生历练还在幼稚园，别人想要变成怎样，是他的事，重点是你，你想要变成怎样？”

我想要变成怎样？其实我不知道，但我可以确定的是，绝对不是现在这样。

“是不是听不懂？是不是太深？就叫你多读点书了。反正，你不要让别人影响你，也不要去影响别人。不是你想的样子又怎样？他的样子决定他的人生，你自己邪都中不完了，管别人那么多干吗！”他继续念着。

“我只是不能接受。”我说。

“朱大小姐，我每天都不能接受你欺负我啊，但你还不是每天欺负我，一个愿打一个愿挨啊。”

“所以你愿挨？”

“你不要放错重点好不好？我的意思是说，不能接受那就不要接受，不是说过了不要勉强自己吗？勉强自己永远都不会有好结果的，还说你懂……”他站起身，做着伸展运动。

“纪东炫，你怎么在这里？”乐晴的声音从后头传了过来。

我转过头去，看着依依的车停在家门口。她们三个同时下车，还有……智维，我惊讶地看着他，他表情凝重地朝我走过来。

就像看到亲人一样，他每朝我走近一步，我的眼眶就越湿润。智维坐到我旁边，展开双手。我紧紧地抱住他，眼泪流了下来，纪东炫悄悄走到一旁，和依依她们一起。

智维叹着气，拍拍我的背。幸好还有他，幸好他仍是我想的，那个让我心里踏实的智维。

他轻轻放开我，沉重地对我说："我都知道了。"

我没有说什么。

"我知道莹莹是变了一些，我也知道她喜欢学长，但我以为学长和你在一起之后她会死心，我真的没有想到她居然这样对你。还有学长，我见过几次，根本看不出来他和莹莹有什么。"我在智维的脸上看到了我昨天的表情。

就是不敢相信。

讲到一半，他又抱住了我："天啊，老天爷为什么要这样折磨你？你都好不容易走到这里，我还以为学长会给你幸福，这到底都是些什么事啊？"

这次换我拍着他的背，安慰他。

"算了。"我说。

我要把他们逐出我的生活，就如莹莹所愿，不要再出现，我会乖乖在家，哪里都不去。

智维又狠狠地叹了口气。

我用力拍了一下他的背："不要再叹气了，至少我还有你，至少你对我的友情是真的，没让我白过高中那些年，这就够了。"

智维一脸同情地看着我。

我转过头，看着前方的小孩荡着秋千。倒霉的人，最容易让人同情。活了三十岁，我几乎倒霉了一半的岁月。

如果有人问我，这几年，你都在干吗？

我会说："我都在倒霉。"

"记不记得高中的时候，你最喜欢荡秋千，叫我推得很用力，却又要一直哇哇叫。"智维突然说着。

我点了点头："就是爱刺激又怕死。"

我们对看，笑了笑。

智维突然说："这十几年来，你好吗？"

"我很好啊，上次不是问过了。"这么快就要吃银杏了吗？

"不是，我是说那件事，上次宜璇也在，所以我不敢问。但我还是很担心你，不知道你走出来了没有，还是继续为了那件事在痛苦？"智维小心翼翼问着。

我转过头看他："很不好，但努力变好中。"我不想隐瞒他，纪东炫说痛就是要叫，我现在超痛，然后我朝着前面大叫了一声。

全公园里的人都被我吓到了。

但叫完之后，我觉得爽。

"你吓我一跳。"智维紧张地看着我说，我对他笑了笑。

"其实我一直很想知道一件事。"他问。

"什么事？"

他支支吾吾，要说不说的："可是我怕谈到那件事，会让你崩溃。"

"刚不都在说了。"我笑着回答。

"你到底为什么要去垃圾回收场？那天校庆都结束了，人都快走光了，你没事去那里干吗？如果你没去，那件事就不会发生，或许一切都会不一样了……"

"等一下。"我打断了智维。

我抬起头看他："不是你在找我吗？莹莹告诉我，你在那里，需要我过去帮忙。"

"怎么可能，我那天被教官征召去教官室帮忙，你又不是不知道。我干吗去垃圾回收场啊？"智维一副我脑子糊涂了似的看着我。

但我怎么可能糊涂，对我来说拼了命想忘却忘不掉，常常在脑海中上演的事，我怎么可能糊涂？

如果智维没有找我，那就是莹莹骗我。

我站起身，往依依的车子跑去。她们三个人和纪东炫都在那里，智维也被我的举动吓了一跳，赶紧跟上我。

我快步跑到依依面前："载我去找苏莹莹。"

"干吗去找那个疯婆子？"依依不解。

"快！现在。"我急促地催她，她发现事情有点不对劲，马上上车发动引擎，按下窗户，对着乐晴和明怡说："你们先在家。"接着对纪东炫说："上车。"

于是，我快速地坐上副驾驶座，纪东炫和智维在后座，依依用最快的速度，把我送到自由设计。一下车，我就往大楼跑去，他们三个人跟在我后头。我心急地按着电梯，但总觉得速度太慢。

我干脆直接走进逃生门，爬了五层楼到门口。我用力推开门，不管柜台人员说什么，我都没有听到，我现在只想找到苏莹莹。

耀然学长看到我来，又惊又喜地朝我走来。他还没开口，我就对他说："走开，离我远一点。"

我从落地窗看到苏莹莹的身影就在会议室里，正和其他员工拿着资料在讨论。

我用力推开会议室的门。苏莹莹抬头看到是我，还来不及反应，已经被我扇了一巴掌，声音之响，全部员工的视线都落在我们身上。

她怒瞪着我，还想开口时，我又甩了她第二个巴掌。

她丢下手上的资料，和我打了起来。有一瞬间，我真的想打死她，用我的双手打死她。但理智一秒回来，我不想为了她，连我的下半生都赔掉。扭打的时候，我听到学长制止的声音。

但依依下令智维和纪东炫挡住学长："让立湘打。"

"好了，这里是办公室，是我的地方，不准在这里打架。"听到学长的声音，我火气更大，用力抓着莹莹的头发猛扯，她痛得大叫着。

"叫什么叫？你有我这十几年过得痛吗？你为什么要骗我去垃圾回收场？为什么！为什么！为什么！"我每说一句为什么，就让她的头发多掉几根。

她痛着大叫回应："啊！放手，因为我不想要你跟学长告白！"

我停下拉她头发的手，再给她一巴掌。

"就因为这样，你害我被关在废弃教室，当初你明明是鼓励我的，不是吗？你再怎么讨厌我，不要跟我当朋友就好了，为什么要这样对我？你是不是有病？”

被我压在下面的她，对着我怒吼：“对，我有病，我无时无刻不在希望你消失，我都希望你去死，你不在了，大家的眼光，就会在我身上！”

我放开了莹莹，站起身，努力平顺着自己的呼吸。依依走到我旁边来，拍着我的背。纪东炫说得对，平安符要给她戴，她才中邪了，她才有病，真正要看心理医生的人是她。

她摸着头发，哭着站起身。

学长推开纪东炫和智维，走到莹莹面前：“你再说一次！为什么你告诉我，立湘爱的人是智维？”

智维一脸不知所措，“我？”

“苏莹莹，你到底说了多少谎？”我瞪着她。

她擦掉泪水，换上一张不屑的脸，冷笑了一声：“我说了多少谎？你就都没有说过谎？说下学期要让我当班长，结果你自己当了，说要推荐我参加比赛，结果你自己去了，说希望我也幸福，但你都只想着自己的幸福。”

“你不要这样误会立湘，她都在帮你……”智维想要帮我说话。

“算了，智维，没什么好说的了。”我看着莹莹，无法再说下去。

“是没有什么好说的了，但事情都爆发了，那不如就好好结束。”莹莹看着我笑，然后笑出声，我听着她疯狂的笑声，突然全身汗毛都立了起来，我觉得她真的很可怕。

莹莹看着我，继续说：“是我把你骗到回收场的，也是我把你推进去废弃教室关起来的，但侵犯你的人，是他。”

莹莹伸手指着耀然学长。

全部的人都在同时倒抽了一口冷气。

我不相信，根本不可能，救我的人就是学长。我冷冷地对莹莹说：“你不要再想办法报复我了。”

“我何必这么做？你和强暴你的人在一起，你已经在帮我报复你自己了，哈哈哈。”莹莹边说边靠近我的脸，最后一句让我几乎要跪了下去。纪东炫及时拉住我，我强迫自己好好站着。

学长走到我面前，急着要解释，“立湘，你听我说……”

“那天晚上进来的人是你吗？”我颤抖地说。

“立湘，不是这样的……”

“那天晚上进来的人是你吗？”我对他怒吼。

我多想听到他说不是，但耀然学长只看着我，缓缓地点头默认，然后我就昏倒了。

在我眼睛合上之前，我看到纪东炫狠狠揍了耀然学长一拳。

我不想醒来。

每当自己就要醒来时，我就叫自己不要醒来。因为我不想面对这一切，被强暴已经够惨了，还是被自己喜欢的人强暴。这逻辑对吗？这件事难道不是今年度最好笑的笑话吗？

我闭着眼睛，听到大家轮流地喊我名字，听到医生说我身体状况稳定，听到我哥吼着学长要他出去，听到《大悲咒》还有《心经》，还听到各种声音。

我是醒了，但我不想张开眼。

“都第三天了，医生，你确定她没事吗？”依依问着医生。

“确定，你们就不要太担心了。”

医生离开后，乐晴生气地抱怨着：“每次都叫我不要担心，她没醒来我就是会担心啊！”

“搞不好她早就醒来了，只是不想睁开眼睛而已。”纪东炫的声音就在我的耳旁，他很懂我的小把戏。

然后我感到脸颊疼痛。

“纪东炫！你想死吗？敢捏立湘？”乐晴吼着纪东炫。

我在心里缓缓记下一笔。

听着病房里人来人往，乐晴明天早上有大量订单，只好先回去，明怡上大夜班也走了，依依要回家赶老板要的资料，晚上留下来陪我的是哥哥。

很快的，我听到了哥哥的打呼声。

于是，我缓缓睁开眼睛，眨了好几下才适应光线。我看到哥哥憔悴地躺在长椅上睡觉，他那么一直委屈自己缩在那里，我下了床帮他拉好身上的被子。

站了很久，腿才适应身体的重量。我拔掉身上所有针管，缓缓走出病房，我想去一个只有我自己的地方。

走着走着，我到了医院顶楼。

站在顶楼，我望了一眼天空，连星星都没有，的确只有我自己。

想着这一切发生在我身上的事，我忍不住笑了出来，因为太过荒唐，好想知道，这个世界上，还有比我的人生更扯的事吗？

“要跳吗？”纪东炫的声音在我身旁响起，我已经不惊讶。

“你自己跳。”我说。

“那你在这里干吗？”他问。

“吹风。”我说。

然后他没有回答，就这样一直站在我旁边，陪我看着没有星星的夜空。

过了很久，他才突然出声：“为什么你都没问我，被重要的人背叛了会怎样？”

“不会怎样。”我没有力气地说。

“错。”他大声地说。

我转过头去，他突然一脸很真诚地对我说：“是原谅他。”

“我不想。”我说。

我的人生被他们搞成这样，我原谅他们，谁来原谅我给大家造成的负担？躺在床上的时候，我有好几次想冲出去跟他们拼个输赢，反正再惨不过也就现在这样子。

越想越不甘心。

“你知道你现在为什么会站在这里吹风吗？”他问我。

我摇了摇头。

“因为你在折磨你自己。”

我看着他，想要开口的时候，他没让我有说话的机会，马上对我说：“不要跟我说你没有，你一天不原谅他们，就是多一天折磨自己。你就会生气、你就会难过、你就会痛苦，你只要想到他们，就觉得自己可怜。”

对！没错，我一想到他们，就愤怒、就痛苦。

“但如果你原谅他们，你就不会生气、你就不会难过、你就不会痛苦，你就不会一想到他们就觉得自己可怜。你会觉得自己很棒，值得买一份肯德基外带全家餐犒赏自己。”

“可是你不要的话，就是只能继续在这里吹风，你有考虑到我想吃肯德基的心情吗？你没有，因为你只想到你自己。”他边说边斜眼看我。

“我现在要把你推下去，请你原谅我。”我冷冷地说。

“我可以原谅你，但我做鬼也不会放过你。”他认真地回话。

我笑了出来，我知道他要说什么，但我不知道自己能不能这么宽宏大量。想到他们的行为我就好气，想到自己过着这样的日子，我也好气。我这么气。到底要怎么原谅？

“很冷耶，我们去吃肯德基啦！”他抖着身体对我说。

“我不要。”

“好，那可以回去了没，你哥现在应该疯狂地在各大护理站哭着找妹妹，你要不要回去救他？”

我点了点头，他跳下天台。

我看着下面的车流，一阵头晕目眩，刚刚站上来还不觉得可怕，现在有点腿软，我看着纪东炫……

“你那是什么表情？你给我解释一下？最好不是我想的那样喔！”他马上慌张地说。

我点点头，就是他想的那样。

“你真的很过分耶，怎么可以这样对我，我上辈子是欠了你多少？你不觉得自己对不起我吗？我是你保姆还是看护？你有付我薪水吗？你都不会不好意思吗？你都不觉得自己亏……”

“过来。”我说。

他边碎碎念边站到我面前，“转过去，蹲下。”我说。

他照做，嘴里继续念：“你不要太得寸进尺喔！要不是看在你心情不好的分儿上，我就叫你自己滚下去了。”

我爬上他的背，往他的腰间肉捏了下去。他大叫一声，“朱立湘，你知道‘忘恩负义’四个字怎么写吗？你上过国文课吗？你知不知道很痛？”

“谁叫你捏我脸。”

“我就说吧！你早就醒来了，你喉咙一张开，我就看到你的胃。”

“长怎样？”我问。

“像胃。”他说，我笑了。

纪东炫的背很温暖，他的体温对我来说刚好，他说话的速度有催眠的节奏，“干吗不讲话了？”他问着。

因为我想睡了。

纪东炫暴躁地吼着：“朱立湘，你不会要睡了吧？你再睡一次，我真的要跟你绝交八万年。快点，伸手帮我开一下门，朱立湘？朱立湘？”

朱立湘睡着了。

但我这次有醒来。

每次和纪东炫说完话，都会让我平静不少。接下来我有点想设计一款废话对讲器，一定会大卖。我从来都不知道废话可以让人平静，甚至转移注意力。

“今天好多了吗？”哥哥走进病房，微笑地看着我问。

我点点头。

“我今天还是没有好多，我手还是好痛，肩膀还是好酸，我全身都不舒服，我全身都不对劲，我骨头都移位了。”纪东炫坐在一旁的椅子上装可怜。

“夸张。”我说。

他生气地站起来对我说：“一点都不夸张，没事跑到上面吹什么风？害我被关在顶楼半个小时。我跟你说，再多背一分钟，我真的就直接把你丢下楼。你又不是不知道自己很重，睡了还叫不醒，还是你根本就是醒着的？”

我看着他笑。

他开始暴冲，哥哥连忙过去安抚他。昨天晚上哥哥目睹纪东炫是怎么背着我，差点把手给废了之后，他就对纪东炫非常好，嘘寒问暖，两个人一整天都聊个不停。

完全不知道他们两个没有交集的人，到底有什么好聊的。

乐晴她们带着晚餐出现，大家聊天吃着东西，她们很小心地观察我的情绪，想要确定我是不是强颜欢笑，我不是。

我睡醒后的第一件事，就是要原谅。

不过，是原谅我自己，原谅自己把过去的日子活得这么悲惨，原谅我自己不会看人，但这是人生的经验，原谅我自己，总是喜欢强迫我自己。

现在开始原谅我自己后，我要重新过日子，我要对我自己很好，我要好好呵护我自己，我要在乎自己的情绪，不要再让自己做自己不喜欢的事。

“不要这样看我，我没事。”我看着她们说。

“她真的没事，我才有事。”纪东炫又举起他酸痛的手开始抱怨。我伸出手，用力地拍掉他的手。他尖叫，我微笑。

“医生怎么说？”明怡指着他的手臂。

“轻微扭伤，还有肩……”纪东炫心疼地看着自己的手。

“你来干吗？”依依突然看着门口说。

大家的目光都往门口的方向看去，耀然学长一脸歉意地站在那里。哥哥走到他面前，伸手就想要打他。

我看了一眼纪东炫，他马上冲过去拉住我哥，然后再次尖叫，“喔喔！嘶——啊！啊！啊！”可怜他的手，还要拉住我哥，没记错他有八十公斤。

“哥！”我出声制止哥哥，他听到我的声音，停了下来。

“我上辈子是欠了你们姓朱的什么？”纪东炫甩着手说。

耀然学长走进来对我说：“我有话想跟你说。”

我看着原本意气风发的他现在满脸憔悴，那天在公司闹成这样，想必已经流了出去，苏莹莹也不可能再待在公司。但我一点都不会可怜他们，这是他们说谎的下场。

“你们先出去。”我对大家说。

“立湘！”哥哥担心地看着我。

但我朱立湘真的不再害怕了，没有什么可以再伤得了我，除了世界末日。但世界从未真的有末日，那我还有什么好怕？

“没事的。”我说。

纪东炫看了我一眼，然后帮我把哥哥带出去。

“我们都在外面。”依依对着我说，我点了点头。

病房里只剩下我和学长。我看着他，他心虚地别过脸，想到他对我说过的各种甜言蜜语，我就忍不住反胃。但我不会吐，我已经有勇气面对自己曾经深爱过的人，即便这个人曾经侵犯过我。

“有什么事快说。”

他深呼吸了一口气，把视线再次放到我的脸上，然后对我说：“其实，那天什么都没有发生。”

太会说谎的下场，就是我分不清楚他到底是说真的还是说假的。

“我只想听真话。”我冷冷地说。

学长开始说着：“我喜欢你是真的，喜欢你十五年是真的，莹莹一直告诉我你喜欢智维，我相信她说的是真的，可是我难过也是真的、我愤怒也是真的。我那么喜欢你，你却不喜欢我，让我很痛苦也是真的！”

“那天晚上我要从学校离开，教官要我去关回收场的门时，发现你被关住，我以为我会成为你的英雄，你却还是喊了智维的名字。我一时失去理智，我不能接受你爱别人，所以我才会失控……”

我才不能接受，“你疯了吗？”我失望地说。

“对！我就是疯了，我也不知道自己为什么会这样。后来你晕过去，我吓到了，就不敢再继续，就这样和你一起待到了早上。原本想和你坦诚，但季阳来了，我没有机会，一切就变成这样。”

我看着学长，无言以对。

“后来再次遇到你，我真的很高兴，这是老天爷给我能和你在一起的机会。”他看着我，依然深情地说着。

“不，是要给你坦诚的机会，但你没有。”我难过地说。

“立湘，对不起，我真的对不起你，一切都是因为我太喜欢你了，都是我的问题，都是我的错……”他难过地说着。

“不是你的问题，难道是我的问题吗？”

我现在好生气，好生自己的气。

到底为什么要让自己活在这个根本不存在的阴影里？十几年前的错，我让它继续错下去，让自己这样可怜兮兮下去。我拿别人的问题惩罚我自己，我真的是活该被纪东炫笑一辈子。

“你可以走了。”我真的很怕他再待上一分钟，我就会把他给打死。

“立湘，你不要这样，请你原谅我。”他看着我乞求着说。

“我原谅你。”因为他的错不值得我再浪费一秒。难过、哭泣、悲伤……任何情绪都不值得。

他惊喜地看着我。

“我原谅你，但我不想再见到你，请你离开我的生活，我们各过各的日子。”我坚决地说。

“立湘，不能再给我一次机会吗？”他苦苦哀求着。

“不行。”都笨了十五年，还要再笨下去吗？

我以后死掉，真的要在朱家的列祖列宗面前跪很久。有我这么蠢的子孙，他们一定很难过。

“立湘……”他不死心。

“你再叫一万次的立湘都没有用，一切到此为止。我原谅你对我做的一切，不管这个原谅会不会让你比较好受，会不会让你未来日子比较好过，对我都不重要。我原谅你，不是为了你，是为了我自己。”

因为我要去吃肯德基。

他眼神哀戚地看着我，我别过头去，简耀然，这个我傻傻喜欢了十五年的人，在我的未来没有任何意义。

我们就这样僵持了一阵子，他才肯移动脚步离开。

回过头看到他走出去的背影，我为我的人生松了好大一口气。他一离开，大家就都冲了进来。

“他说了什么？”哥哥这样问。

我看着哥哥，“还需要问吗？你们不是都在外面偷听完了。”我扫过一眼他们的表情，每个人脸上只有心虚。他们是我最亲的人，我怎么会不知道他们的伎俩。

“我要剪刀。”我对他们说。

乐晴紧张地看着我问：“你要干吗？”

我没说话，纪东炫闪了出去，又再闪了进来，把剪刀递给我，然后被大家骂。我下了床走到洗手间，抓起自己珍惜的头发剪掉。哥哥想要冲进来制止我，被纪东炫挡下。

“你不要冲动，你妹剪个头发而已，激动什么？而且自己剪多省，你看看你妹妹多么勤俭持家。”纪东炫站在洗手间门口，看着我把长发变短发。

因为这个不存在的阴影，所有这些爱我的人都陪我活在这个阴影里。我对不起他们，我是他们珍惜的人，但我没有爱惜我自己，那我又有什么资格留下我珍惜的头发？

我太蠢了，我需要接受惩罚。而我知道，他们永远舍不得惩罚我，所以我自己处理。

朱立湘的人生，此时此刻重新开始。我看着镜子里短发的自己，露出了满意的微笑，而我也在镜子里看到纪东炫的脸，他也正对我笑，我们朝彼此笑着。

由于哥哥坚持要我做完各种检查才能出院，所以我在医院整整待了七天，一回到家，我打开电脑开始处理各种工作事项。

吴经理来信，说新产品由他们公司全权处理，而听说自由设计目前已确定转卖给另一个公司，造成我的困扰，觉得很抱歉。文末不忘八卦，听说 Leo 曾经对高中女生性骚扰，所以才把公司卖掉，而苏莹莹好像抢人家老公，在公司被一个女人打得很惨。

那个女人是我，但我没有老公，当然我没有跟吴经理解释这些。

我有一件事是感谢莹莹的，就是那天餐会，她没有让我上台，所以我才能像旁人一样冷眼看着这一切。

都和我没有关系了。

花了好几天解决工作，我才结束闭关的日子。踏出房门时，只有纪东炫坐在外面。我叹了口气："就说我没事，不需要轮流照顾我。"我现在吃好睡好，完全不怕黑，因为我给自己的心魔，已经被我自己消灭。

"谁要照顾你啊？你真的很爱自作多情耶。我是来等吃饭的，都六点了，为什么乐晴还没有回来？她晚上不煮饭吗？我饿死怎么办？很多人会为了'小金城武'伤心的……"谁自作多情？

我用力关上浴室的门，隔绝他的碎碎念。

电话铃声响了，我在浴室里对外头大喊："接电话。"

接下来听到的是更大声的："什么？赶不回来？什么？自己解决？"

我洗完脸走出来，看到的就是纪东炫的苦瓜脸，"没饭吃，我要回去了，心情不好，明明说晚上要吃羊肉炉的。你自己解决，记得吃饭。"然后看着他哀怨的背影离去。

我笑了笑，走回房间，拿钱包出门。

在大门口遇到陈伯伯带着大宝要去对面公园，我对陈伯伯点点头，伸手捏了捏大宝肥软的脸颊，笑着对他说："越来越帅了。"然后往前走。

“阿公，哑巴阿姨不是哑巴耶。”大宝惊奇地说。

我笑了。走了十五分钟，打包了一些食物回家，去敲纪东炫的门。他探头出来，一脸要死不活的，我直接拉开门走了进去。

“你又来了，我单身男子，黄金单身汉，你这样随便进来我家，会让我的行情变很低耶。”他念着。

天啊！我有多想念他的碎碎念。这几天一直忙，只能在晚餐时简短地说几句话，听到纪东炫的碎碎念，我觉得未来充满希望。

我笑着，举起手上的袋子。

他开心地大吼：“是肯德基！”

老动作，拿桌子，搬椅子，把外带全家餐放上去。纪东炫拿了块炸鸡开始啃着，“干吗突然买肯德基？”他边吃边问。

“因为我值得鼓励啊！”我骄傲地说。

“哪里？”他却淡淡回应我。

“因为我每天都心情很好啊，而且我刚刚还赶完三个案子，还有我觉得我短发好轻松好美。”我老实说。

他直接拿了块炸鸡塞到我嘴里。

“小孩子好好吃东西，不可以乱说话，会被笑。”他正经地说。

我拿下口中的炸鸡，狠狠打了他一下，“难道我有说错吗？你不觉得我短发很好看吗？你说啊！你说啊！”我越说越靠近他，我意识到的时候，我们两个人面对面的距离只有一块炸鸡，我尴尬地坐好。

为什么我刚刚觉得纪东炫有点帅？

他看着我，眼神也闪过一丝变化。

“快点跟我道歉，你不知道你的脸很影响食欲吗？”他打圆场。

“我不要。”我开始吃着炸鸡。

然后看着纪东炫，心里是满满的感谢。

“哎，你这表情很奇怪喔！你又想干吗了，我是不会背你的，这辈子绝对不会，你给我好好解释一下这眼神是什么意思，你不要再欺负我了喔！我现在跟你哥很熟喔……”我听着他的碎碎念。

开始担心着，如果有一天听不到了怎么办。

“为什么你要对我这么好？”我真的很想知道答案。

乐晴、依依、明怡，甚至是我那个难搞的哥哥，每个人都对他赞不绝口，他们都感谢他这么照顾我，我也常常在想，为什么他总是可以在我最无助的时候出现，然后让我笑。

能让我感觉轻松，能把我的悲伤化小，就好像我的专属魔术师一样，每次都把我变开心，变成另一个朱立湘。

他愣了一下。

“问这个干吗？”他低声地问。

“很想知道啊！”

“不想说。”他说。

“快说。”我抢下他手中的炸鸡。

“因为爽。”他大声对我说。

“有什么好爽的？被我吐很爽？背我很爽？衣服用来擦我眼泪很爽？”他才有被虐待狂基因。

“超爽。”他笑着说。

“神经。”我瞟了他一眼，怪人。

然后他看着我，突然问着我：“你知道怎样可以更爽吗？”

我看着他，摇了摇头。

他微微起身，朝我靠过来，在我还来不及闪躲时，吻上了我。纪东炫吻了我……

我没有心跳加速，却觉得好幸福。我没有小鹿乱撞，却觉得好快乐。纪东炫不是烟火，却是我最温暖的太阳。

我没有闪躲，也回吻了他。

☆ 当我可以爱你，你却不见了。

尾声

所谓……之后

“立湘，比赛开始了。”大勇在客厅喊着。

我起身，用力关上房门，比赛关我屁事？回到工作桌前，我继续做着客户要的设计，耳朵却忍不住注意外面的声音。

“喔喔喔……啊！差一点，啊啊！好可惜。”大勇的声音不太清楚，我受不了，只好起身，趴在房门上听。

门突然被打开，依依看见我，偷笑了一下。我故作镇定地走到外面，“口好渴，我要喝水。”然后往厨房走去。

依依在我身后说：“客厅有水果。”

“我不吃。”我倒了杯水，准备回房间。

“纪东炫有出赛耶。”依依继续说着。

“喔。”我走进房间，关上门。

我是有眼不识泰山，谁晓得纪东炫是电竞选手，还是在欧洲什么S什么队的，拿过好几次冠军。我对电竞产业不熟，也不想熟，大勇说他薪水超高，是我的好几倍，也都跟我没关系。

反正是我有眼不识他这个泰山。

我是打了我自己一巴掌，什么打电游不能当饭吃，纪东炫吃得可香了。

他的一切都跟我没有关系。

我想知道的只有一件事，为什么在吻完我隔天就去欧洲比赛，没有告诉任何人。过了一个星期，我才接到他的简讯，说他很快就会再回台湾。但从他传完信息到现在，已经三个月了，我只能从赛程里知道他还活着。

偶尔大勇会试着想告诉我纪东炫的近况，但我都叫大勇闭嘴。谁在乎他多有名？我只在乎他怎么可以吻完我就不见。

我的嘴唇很难吃吗？

想到火就来。我手握身上的平安符，播着《心经》听着。

“耶，赢了！”大勇在客厅外大吼。

我也失控地跳了起来，然后一秒冷静。关我屁事，我对自己说。

然后我继续熬夜赶图。最近工作量大增，我将近两天没有睡了。我现在没有心情再去想已吻不回的事，虽然我已经想了三个月。

好不容易赶完一个案子，已经早上十点了。乐晴交代我要记得吃早餐，我一口也没有动，把图稿 E-mail 给客户后，我就直接躺在床上，然后昏睡过去。在睡梦中我听到了天花板传来“砰砰”的声响。

我试着想张开眼睛，但眼皮实在太沉重，反正是梦。

这一睡，我睡了一天一夜，整整二十四个小时。幸好乐晴她们知道我已经没事了，要不然我现在应该不是在家，而是被她们送去医院。

我洗了个舒服的澡，回到房间，想趁工作告一段落来整理一下房间。在我拖地的时候，我听到了天花板传来“砰砰”的声音，然后想起了昨天晚上梦里听到的，难道不是梦？

难道是纪东炫回来了？

我忍不住笑自己，是有这么想他吗？当然不是，只是想问清楚而已，我一点都不想他，他怎么可能回来。

笑完自己的同时，声音又来了，我非常确定。

于是我丢下拖把，往楼上跑去，猛敲着门，期待纪东炫会来开门。

但门是开了，出来的是房东刘先生。

“朱小姐，请问有事吗？”

我摇摇头，好奇地问：“没什么，只是听到有声音，担心是坏人。”

刘先生笑了笑：“纪先生之前反映过浴室水管有问题，刚好我在台湾，过来看看。”

我失望地回到家。

“怎么啦？一副苦瓜脸。”刚从早餐店回来的乐晴问。

“没有。”我说。

“立湘，你可以帮我去超市买几颗柠檬吗？晚上要做泰式料理，结果我忘了买柠檬。”

我点了点头，拿着钱包到前面的超市买东西。走在路上，想起刚刚自己的行为，心情有点低落，觉得自己的心情因为纪东炫起伏太大，讨厌自己这么想念他。

买完柠檬走回家的路上，我踢着路上的小石子，脑子里想着的还是纪东炫。怎么可以连一通电话都没有？那个吻对他来说真的一点意义也没有吗？只有我在想念他而已吗？

我生气地用力踢了那个石子，结果距离没有算好，我那只拔过趾甲的脚拇趾，直直踢到柏油路。我痛得蹲到了地上，看着正流出血的脚趾，庆幸趾甲好好地在上面，只有上面一块肉被踢掉了。

没关系，只是一块小鲜肉离开我，怎样都比不上纪东炫离开我还不闻不问来得痛，我无视伤口，跛着脚踏出第一步时，突然一道碎碎念声，在我背后响起："路不好好走，踢什么石头，你有事吗你？中邪还没有好？没有我在你身边就不会走路了？"

我愣了一下，这声音太像纪东炫，但我不敢回头确认，害怕这只是我自己的幻听，我不想面对失落，更不想承认我有多想见他。

于是我继续往前走，碎碎念的声音又持续着："你真的很不爱惜你的脚耶，为什么每次都让它受伤，这是你的专长吗？老是跟自己的脚过不去……"

越听着这唠叨声，我就越害怕，越怕就走得越快，只能在心里不停念着阿弥陀佛，希望这幻觉快点散去，但他突然在我后头大吼着，"朱立湘，你给我站住。"

听到自己的名字，我愣了一下，但我并没有打算站住，如果我站住了，就表示我被幻觉操控。

想再继续往前时，他又大吼了一声："朱立湘！你有没有想我？"

我输了，因为这句话，我很没有志气地回头，有个人就站在我面前。所以这不是我的幻听，但他没有胡楂又唇红齿白，我瞬间被浇了冷水，他不是纪东炫，他不是。

他走到我面前来，却背对着我蹲着说："上来。"

我觉得他有病，这个人跟纪东炫一样都有病。

我没有理他，继续往前走，血却越流越多，他突然一把把我抱起来，往家里走。我试着挣脱，但他仍然紧紧抱着，然后越看着他的脸，我的眼泪开始在眼眶里聚集。

他看着我一脸要哭的样子，有点惊恐地说："喂，你不要哭喔！这跟我想的剧情不一样耶。我以为你看到我，会朝我飞奔过来，然后像电影剧情那样用力地抱着我，然后这样……亲我。"他说完这句话后，往我唇上吻了一下。

我大哭了出来，那是纪东炫的眼神，但他为什么长得不一样了。

"你不是纪东炫，你没有胡楂，你不是纪东炫，他头发没有这么短，你不是纪东炫，你是'小金城武'……"我哭着说，我不敢相信他回来了，不敢相信眼前的人是他。

他马上把我放下来，用他的衣服帮我擦眼泪，慌张地说："对对对，我是‘小金城武’，但我也是人见人爱的纪东炫。拜托你不要哭了，你可以像一点正常女朋友会有的反应吗？害我很没有成就感耶。”

“你真的是纪东炫？”我擦掉眼泪，仍然哽咽地问着。到现在，我仍觉得是自己在做梦。

纪东炫笑着用力地点了点头，然后他低头亲了我的脸。我愣着看了他一眼，他再笑着亲了我的额头。我还是愣着，不停地看着他，他又笑着吻了我。

然后，我伸出手扯住他头发，咬了他的嘴唇。

他大叫。

我永远都不会忘记他说过，谁欺负你，你就还手……

“完全没有联络，现在还好意思亲我？”我火大地说，然后还是没有放手。

他痛得大叫：“朱立湘，我要跟你绝交！赛程都还没结束，大勇说我再不回来，你就要把我给甩了，我赶快冲回来看你，结果你是这样对我的吗？你有没有良心，我那么想你，你是这样回报我的吗……”

他没有说完，我已经轻搂着他的脖子，低头吻住他。有些话不用多说，它就在心里，纪东炫接下来要说的，都在我心里了。

“你想我吗？”他在我耳旁轻声地继续问。

“每天。”我诚实地对他说。

他很满意地点头，然后摸了摸我的头后放开我，蹲到我面前。“上来，我背你上去擦药。”

我爬了上去，纪东炫专属的味道充斥在我的鼻间，再加上他身上的温度，还有他止不住的碎碎念，让明明睡了那么久的我，眼皮又开始沉重起来。我缓缓闭上眼睛，享受这久违的安心。

“拜托你下次可以好好走路吗？连路是平的你都会扭到了，还跟人家在那里踢石头，你是嫌自己脚指甲太健康吗？一定要断掉一两片，你心情才会好吗？我跟你说喔，喂，朱立湘，干吗都不回答我？喂，你不会才短短两分钟就给我睡着了吧！朱立湘？朱立湘？我有好多话没有跟你说，不给我醒过来，我要跟你绝交喔！”纪东炫又开始吼着。

但我不想醒来，我要一直赖在他的背上，这辈子都是……

【全文完】

后记

悲伤总会过去

这是个很沉重的故事。

但人生在某些时刻，它的的确确就是沉重。不过我想，重重的话，就轻轻说，却仍得要去面对。

每个人都曾经因为创伤而有过阴影，谈过一次恋爱受到太大伤害，就忘了怎么去爱的，大有人在，因为别人给的期望和压力，成了我们无法向前的阻碍，无法面对生活的人，也大有人在。

我们的现实生活，受伤和没受伤，本来就是各占百分之五十。爱了一个人，做了一个选择，定了一个梦想，都是一半一半的概率，只是我们该怎么去看待受伤后的自己。

有个好友，因为从小被父亲家暴，所以她害怕结婚，更害怕生小孩，担心自己的小孩会跟她有一样的处境。时间拖着，她转眼已经四十二岁，交过几任男友，从没有对他们说过家暴的事，她觉得那很丢脸，是她最自卑的一部分，所以不能理解她不婚的另一半，到最后都无疾而终。

面对阴影，永远是处理创伤的第一步。

我们总是得要先知道自己的心中有多黑暗，才能知道要怎么找到一道光，怎么把内心的角落打亮。讲起来都很简单，但实际上确实不容易。这是生活最大的课题，大部分能把日子过好的，都是很能自疗的人。

你可以害怕，但你不能一直懦弱；你可以悲伤，但你不能一直流泪。

毕竟，要不要害怕、要不要悲伤，我们都是可以选的。

雪伦